LA FACE CACHÉE DE LILY

FRANÇOISE DORNER

LA FACE CACHÉE DE LILY

roman

ALBIN MICHEL

En tant que fleuristes, c'est rarement le dimanche que nous faisons l'amour. Comme dit mon mari, le plaisir du lundi, c'est sacré. Sauf que, depuis trois semaines, il semble avoir changé d'avis.

Pourtant, le jour de notre mariage, l'adjoint au maire avait fait un si beau lapsus : « Pour le meilleur et pour le rire. » Cela présageait un avenir radieux, en nous évitant le pire. Mais lorsque le pire est arrivé, je n'ai pas ri du tout. Pour moi, le pire représentait la maladie, la mort, mais j'étais loin d'imaginer que cela concernait aussi le cul.

*

Comment réagir en apprenant que son mari a une liaison ? Faire un éclat ou faire comme si ?

J'ai tenté d'analyser la situation en dépit des sanglots qui m'arrachaient le cœur. À part l'amour et le quotidien qui nous unit, du lit au magasin, il n'y a jamais rien eu entre nous. Je veux dire : ni ombre, ni conflit, ni jalousie, ni lassitude – enfin, je croyais. Je n'ai jamais fait attention à un autre homme depuis que je lui ai dit oui, et de son côté je n'avais jamais surpris de regard mal placé en direction d'une cliente. C'est vrai que de nouvelles fesses, petites ou grosses, qui frétillent ou prennent des poses, ça peut créer de la tentation, un besoin de dépaysement. Mais de là à passer à l'action... Dans le quartier, en plus.

Je suis une femme trompée ou pas ? me demandais-je dans la glace.

Mon reflet ne me répondait rien. Être ou ne pas être, dans mon cas, c'était plutôt dire ou ne pas dire. Affronter des journées entières le déni, le mensonge par omission, ou l'attente de l'aveu assorti de ces mots qui soi-disant vous remettent d'aplomb (« Je n'aime que toi »), tout ça me paraissait insurmontable. Pourtant je suis restée coite. Mais mon imagination ne se taisait pas. En regardant Arthur, je le voyais très nettement, debout contre le mur, ululer pendant qu'une inconnue lui faisait une fellation. Et ça, ce n'était pas très agréable. Ce qui m'a le plus étonnée, cela dit, c'est qu'il continuait à me faire l'amour en gémissant toujours de la même manière. Mais était-ce à moi qu'il faisait l'amour ? Incapable de lui poser la question, je sentais « l'autre » en surimpression, et j'éprouvais des sensations nouvelles qui n'étaient pas toutes déplaisantes – c'est ce que je vivais le moins bien.

Pourquoi n'ai-je rien dit ? Parce que dans la vie, les seules choses que j'aime, c'est entendre le bruit de sa clé pénétrer dans la serrure de notre appartement, écouter sa voix me dire « C'est moi, mon amour », et sentir ses lèvres m'embrasser comme si c'était la première fois. Avec souvent un petit bouquet du jour, quelques roses prêtes à se faner : les invendues de la boutique. Même si je dois me contenter des laissées-pour-compte, cela fait plaisir. Je pense que j'ai un mari parfait, malgré son écart de conduite.

Je l'ai appris tout à fait par hasard en allant chez le boucher. Ce jour-là, seul derrière son étal, il m'avait accueillie avec un sourire complice :

– Alors, dites donc, on se bécote le soir sous les portes cochères, comme des ados ? J'aimerais bien que ma femme m'enlace comme ça après dix ans de mariage.

Je l'ai regardé, étonnée, n'ayant aucun souvenir de porte cochère.

– Avec la jupe fendue et le string, a-t-il précisé à voix basse. Il a de la chance, votre mari.

Il a pris mon silence pour de la pudeur, et il n'a pas insisté. J'ai tout de même réussi à demander un boudin blanc truffé, en plus du noir qu'il était en train de m'emballer. Je pensais qu'il s'abstiendrait de revenir à la charge, vu la réaction mortifiée que je ne parvenais pas à dissimuler sous mes efforts de diversion charcutière. Mais il n'a pu s'empêcher d'ajouter, en me rendant ma carte bancaire :

– Si vous pouviez en toucher un mot à ma femme…

– Pardon ?

– Je lui en ai offert un pour Noël, et elle ne l'a jamais mis, elle dit que c'est vulgaire. Je pense que ça la ferait changer d'avis, venant d'une personne aussi classe que vous qui n'a pas peur de se contenter du string minimum…

Devant mon air ahuri, il a précisé en rougissant :

– Désolé, c'était de l'humour.

J'ai hoché la tête. Jamais je n'ai porté de string. Jamais mon mari ne m'en a offert. Et je suis toujours en pantalon.

– Hé ! Vous oubliez vos boudins !

En me les tendant, il m'a fait un clin d'œil assorti d'une moue rassurante, genre « ça restera entre nous ».

*

J'ai préparé le dîner, comme d'habitude, mais le cœur n'y était pas. Je me suis même remis du rose à joues avant qu'il rentre. Il m'a serrée dans ses bras, m'a dit tu as bonne mine mon amour, a pris une douche et nous sommes passés à table.

– C'est bon, ce mélange de boudins avec des pommes cuites. Tu as rajouté quelque chose, il me semble.

– Oui, du sucre roux au dernier moment.

– Ça doit être ça, ce côté caramélisé, presque chinois. Vraiment délicieux. Tu innoves, mon amour, c'est bien.

– J'essaie. Parfois on se lasse de manger toujours la même chose.

– Moi, je ne me lasse jamais.

J'ai hoché la tête avec un petit sourire, mais, en le regardant, je ne voyais que l'image d'une porte cochère où il enlaçait une femme. Et ce n'était pas moi.

Il m'a fait l'amour dans la foulée avec une énergie particulière, peut-être à cause des boudins caramélisés, et, pour la première fois, j'ai fait semblant de jouir. Juste pour qu'il ne soit pas inquiet ou soupçonneux. Pourquoi ai-je réagi ainsi ? À sept ans, j'avais assisté, malgré moi, à une scène horrible où ma mère criait sur mon père qui l'avait trompée, d'après une voisine. Il a juste pris son manteau gris et sa belle écharpe bleue que je lui avais offerte pour la fête des Pères en cassant ma tirelire, et il est parti. Tout simplement, sans un mot. On ne l'a jamais revu. Alors je me suis dit : « Quand on est grand, il ne faut pas crier, sinon tout le monde s'en va. » C'est resté gravé dans ma tête. Pour le meilleur et pour le pire.

*

Longtemps, je l'ai écouté ronfler. C'était inhabituel, mais il ne fallait pas non plus mettre ça sur le compte de sa liaison. En était-ce une, d'abord ? Ou juste un baiser sous une porte cochère qui n'avait débouché sur rien, à part l'enthousiasme avec lequel il m'avait complimentée pour mes boudins, histoire de se remettre en règle avec sa conscience.

Je me suis réveillée en sursaut, à trois heures du matin. Je venais de rêver de mes fesses que je contemplais dans la glace, mises en valeur par un string minimaliste autour duquel se promenaient des mains qui n'étaient pas celles de mon mari.

J'avais tellement honte que je suis allée prendre une douche. Ça ne l'a pas réveillé. J'ai bu un verre d'eau, et je me suis recouchée contre lui en me disant que, tout de même, ce n'était pas à moi de culpabiliser.

Depuis le soir des boudins, qui était un jeudi, il ne m'avait plus refait l'amour en sortant de table. Le lundi, il avait la migraine. La semaine suivante, c'était un souci avec l'Urssaf. Et lundi dernier, un dégât des eaux à la boutique. J'en étais arrivée à la conclusion que, voilà, sa liaison était consommée. Le jeudi des boudins, il était encore sous l'effet du désir allumé sous la porte cochère, et c'est moi qui en avais bénéficié à l'issue du dîner. Désormais, il obtenait satisfaction directement avec l'inspiratrice, et je n'avais plus besoin de servir de support. Il restait la tendresse. Le repos du chasseur. Qu'est-ce qu'on mange et tu as bonne mine.

*

Ce matin, après trois semaines de tergiversations, je me suis acheté une jupe fendue et un string taille XS. Juste pour voir sa réaction. Pour l'encourager peut-être à m'avouer la vérité, devant cette similitude vestimentaire qu'il interpréterait comme un signe du destin. Et je l'ai rejoint au magasin.

– Ce n'est pas un jour à se mettre en jupe, s'est-il contenté de remarquer. Avec le vent qu'il fait.

J'ai hoché la tête, et j'ai passé la journée à composer des bouquets en déplorant la ficelle qui me rentrait dans les fesses. Je me disais : ce soir, quand je me déshabillerai devant lui, il fera le lien entre *l'autre* et moi.

Mais c'était un soir de match, et son père est venu s'inviter devant notre télé pour laisser son épouse regarder une autre chaîne. Je suis allée me coucher la première. Demain serait un autre jour.

Pendu au dossier d'une chaise, le string me narguait. Je me suis relevée pour aller le glisser dans une des chaussettes de sport de mon mari. Difficile d'accuser le hasard, de ne pas comprendre le sens du message. Il allait courir le lundi, désormais, au lieu de me faire l'amour.

Son cri d'enthousiasme m'a fait sursauter. Le PSG avait dû marquer. Je me suis ravisée, j'ai ouvert la fenêtre et j'ai balancé la chaussette fourrée sur le boulevard. Ça ferait le bonheur d'un autre.

En attendant patiemment l'ascenseur – nous habitons le vingt-et-unième étage dans une tour qui en compte vingt-six –, j'essayais, comme tous les jours depuis un mois, de me motiver, de vaincre cette peur de l'abandon qui me paralysait lorsque j'envisageais de brancher mon mari sur la porte cochère et le string obsessionnel. Mais la seule chose qui avait changé dans mon comportement, c'est que je ne portais plus de pantalon.

Quand la porte de la cabine s'est ouverte, il y avait un monsieur que je ne connaissais pas, accompagné d'un bichon. Comme j'ai un faible pour les animaux, je me suis accroupie pour le caresser, et je me suis retrouvée à la hauteur du sexe de l'homme. Il m'a regardée, un sourcil haussé, l'air de me dire : « Il nous reste vingt étages, on a le temps ou pas ? »

J'ai décliné l'offre sous-jacente en me relevant, mais cela m'a fait un drôle d'effet. Dans le silence, nous sommes arrivés au rez-de-chaussée. Il m'a confié, en me laissant passer devant lui :

– J'aime les gens qui aiment les chiens.

J'ai répondu poliment :

– Moi aussi.

Et nous sommes partis dans des directions opposées.

*

En arrivant au magasin, mon mari, un pull que je ne lui connaissais pas négligemment jeté sur les épaules, rouge framboise, m'attendait. Il avait l'air pressé, mais aimable.

– Lily, je dois livrer en banlieue, s'il y a un problème, tu m'appelles.

– Oui.

Je l'ai regardé monter dans sa camionnette blanche. J'aime la façon poétique dont il a voulu inscrire récemment son nom sur les côtés. *Arthur Morel Fleurs*. Ces voyelles et ces consonnes penchées se reliant l'une à l'autre sans espace, et, à côté, cette femme-fleur enlacée de lys de la tête aux seins, qu'il avait fait copier d'un dessin de Mucha, le peintre-phare de l'Art nouveau dont il raffolait depuis peu. Était-elle aussi jolie, la femme de la porte cochère ? Avait-il cru embrasser le modèle du tableau ? Je me suis mise à couper frénétiquement les roses pour les placer en chambre froide afin qu'elles se réhydratent, à pocher les mille tulipes qui venaient d'arriver, attendant cette douleur entre le poignet et l'index qui a fini par effacer l'image de la Mucha dans les bras de mon homme. Après quoi j'ai nettoyé le magasin pour que tout soit bien net pour la fête des Mères. Puis j'ai appelé la mienne.

– Ah, c'est toi, m'a-t-elle dit de ce ton qui me refroidissait immédiatement, à chaque fois qu'elle me répondait. Tu t'es encore trompée d'un jour, c'est demain ma fête. Si tu avais un enfant, tu le saurais.

Cette façon sournoise, mais peut-être involontaire, qu'elle avait de me culpabiliser en me rappelant qu'elle n'était pas grand-mère. Cela dit, je me suis souvent demandé comment elle se serait fait appeler par mon enfant, elle qui se rajeunissait tous les ans pour éviter de changer de dizaine. Sans doute une abréviation de son prénom – Soso au lieu de Sophie. La seule façon dont elle accepterait de se diminuer.

– C'était juste pour te dire bonjour, ai-je précisé. Savoir comment tu allais.

Elle a eu un petit ricanement.

– Eh bien, comme d'habitude. Mal. Pourquoi veux-tu que ça change ? Moi, je vis seule, je n'ai personne pour me soutenir. Évidemment, demain vous ne venez pas déjeuner ?

J'aurais tant aimé me confier à elle, lui demander conseil, pleurer dans ses bras, mais les siens ne s'ouvraient jamais, sauf pour nager la brasse à la piscine Molitor.

– Ben, on travaille, lui ai-je répondu timidement.

– Ça, je le sais que vous travaillez. Mais un jour comme la fête des Mères, vous auriez pu fermer.

Je n'ai pas relevé. J'ai enchaîné, pensant lui faire plaisir :

– On peut venir le soir.

– Si tu écoutais quand je te parle, tu saurais que le dimanche soir, j'ai mon feuilleton. J'oubliais, ne m'envoie plus de fleurs comme tous les ans, ça fait des saletés partout, et en plus, je ne peux pas porter ce vase que tu m'as offert, il est beaucoup trop lourd.

L'ego surdimensionné de cette femme m'avait toujours laissée sans voix. J'ai abrégé la conversation.

– Je t'embrasse, j'ai du monde.

Elle a tout de même réussi à me dire avant de raccrocher :

– Des inconnus, plus intéressants que moi, je suppose. Alors, tchao !

– Au revoir, ai-je dit, dans le vide.

Le reste de la matinée, j'ai préparé les arrangements commandés pour les mères des autres. Parfois, ils étaient accompagnés de petits mots qui me faisaient rêver d'une vraie maman douce et ronde, et pas d'une femelle anguleuse dont la principale occupation était d'essayer de donner des remords à tous ceux qu'elle n'apitoyait pas.

À treize heures trente, mon mari n'était toujours pas revenu. J'avais faim, malgré l'image à nouveau incrustée dans ma tête : lui, en face de la boucherie, dans les bras de la Mucha de la porte cochère, glissant la main par la fente de sa jupe en direction du string. Qu'avait-elle de si particulier pour que la jupe fendue, sur moi, ne lui fasse aucun effet, qu'il n'ait pas envie d'aller voir ce qu'il y avait en dessous ? Je sortais de mon rôle, c'est ça ? La fente et la lingerie, ce n'était pas le rayon épouse ? Dans un élan de représailles, j'ai fermé le magasin pour aller me chercher un sandwich.

En arrivant à la boulangerie, j'ai trouvé le bichon de l'ascenseur assis sagement devant la porte ouverte. Comme il était seul, je me suis accroupie pour le caresser. Il a mis ses pattes sur mes genoux, m'a léché vigoureusement le visage, visiblement heureux de me retrouver. Cet élan d'amour m'a fait du bien. Mais il m'a lâchée immédiatement en voyant son maître sortir de la boulangerie, les bras chargés de paquets.

– On ne se quitte plus, mademoiselle. Charly a l'air de vous apprécier.

Je me suis relevée, confuse, mais je n'ai pas rectifié le *mademoiselle*. Je retire toujours mon alliance au magasin – peur de l'user avec les mains dans l'eau toute la journée – et une alliance qui se ternit ce n'est pas bon signe.

– Si vous êtes libre ce soir, j'ai quelques amis qui viennent à la maison, Charly sera content. Vous habitez l'immeuble, je suppose.

– Oui.

Il a sorti sa carte de visite.

– C'est ma pendaison de crémaillère. Dix-neuf heures trente, vingt-sixième gauche. À tout à l'heure, peut-être.

Et il est parti, Charly traînant les pattes en me regardant.

Je suis allée acheter mon sandwich, surprise de ne pas avoir évoqué mon mari. Ni pour refuser à cause de lui, ni pour l'inclure dans l'invitation. Et j'ai glissé la carte de visite dans mon porte-monnaie.

Était-ce la chaleur qui m'a fait retirer ma petite veste en coton rose pâle sur le chemin du retour ? Je me suis assise sur un banc pour profiter du soleil, déguster tranquillement mon sandwich, oubliant avec une sorte de jouissance le travail qui m'attendait. Entre deux bouchées, j'ai vu passer la Mucha peinte sur la camionnette d'Arthur, et je n'étais pas mécontente qu'il trouve la porte fermée.

Néanmoins, je n'ai pas pu m'empêcher de le rejoindre assez vite. Visiblement, il n'était pas content. Moi, si. Après un petit accès de reproche à moitié justifié – j'avais fermé le magasin, mais laissé les fleurs à l'extérieur – il s'est calmé, et j'ai continué tranquillement à préparer les commandes. Au bout d'un moment, il a marmonné :

– Un bordel sur le périph ! J'ai pas que ça à foutre, moi, dans la vie !

J'ai relevé la tête, tout en continuant à piquer des fleurs dans la mousse humide.

– Tu as déjeuné, quand même ? Tu es parti si longtemps.

Il a poussé un soupir à vous arracher les tripes :

– Un repas gastronomique, mon amour ! J'ai passé toutes ces heures à me régaler !

– Moi, je n'ai mangé qu'un sandwich.

Il est venu vers moi, lèvres serrées, il a planté son regard dans le mien :

– Lily, depuis quelque temps, je trouve que tu prends tout au premier degré.

– D'accord.

Je l'ai tout de même relancé, après trois secondes :

– Donc, tu n'as pas déjeuné. Tu veux que j'aille te chercher quelque chose ?

– J'ai pas faim, il y a trop de boulot.

– D'accord.

Et, dans un parfait silence entrecoupé de clients, nous avons travaillé pour les mamans. À dix-neuf heures, il m'a dit de rentrer pour préparer le dîner.

J'ai remis ma veste en coton rose pâle, et avant que je parte, il m'a précisé :

– Je ne serai pas là avant vingt heures trente. Excuse-moi pour tout à l'heure.

– Moi aussi, je t'aime. Et c'est à prendre au premier degré.

En attendant l'ascenseur, je n'arrivais pas à m'ôter de la tête qu'il était impossible qu'Arthur ait tenu une journée sans déjeuner. Et je me suis fait tout un scénario avec la Mucha. Il n'y avait pas eu d'embouteillage, il avait passé tout ce temps avec elle et résultat, en revenant, il s'était montré agressif pour m'empêcher de lui poser des questions, ce que je ne fais jamais d'ailleurs. J'ai pris l'ascenseur et, machinalement, j'ai sorti de mon sac la carte de visite. J'ai vérifié l'étage, appuyé sur le 26. De la musique s'échappait de l'appartement. Au-dessus de la sonnette, comme sur la carte, il n'y avait que l'initiale de son prénom. V. Après avoir pris une grande inspiration, j'ai sonné. Le chien a aboyé, et je me suis efforcée de sourire d'un air naturel.

C'est une jeune femme ravissante, tout de blanc vêtue, qui m'a ouvert. Instantanément, je me suis sentie mal à l'aise. Envie de repartir. Qu'est-ce que je faisais là ?

– Bonsoir, m'a dit la fille en blanc.

Puis elle s'est retournée, et d'un signe gracieux de la main a ajouté :

– Entrez, Vincent est là-bas.

À peine avais-je fait timidement trois pas que le Vincent en question s'est dirigé vers moi, l'air visiblement ravi, tout comme son Charly, qui n'arrêtait pas de tirer sur ma jupe fendue avec ses pattes. Il m'a présentée à ses amis, mais comme il ne connaissait pas mon prénom, je l'ai devancé en tendant la main :

– Lily.

Il m'a offert une coupe de champagne, et j'en ai profité pour lui chuchoter que je m'excusais d'être venue les mains vides, et qu'il fallait que je reparte dans une demi-heure. Il m'a répondu que ce n'était pas grave – comme nous habitions le même immeuble, nous avions des chances de nous revoir. Surtout dans l'ascenseur, a-t-il ajouté avec un petit sourire qui n'avait rien d'enfantin. J'ai rougi malgré moi en me revoyant accroupie à portée de son sexe, et ça m'a fait du bien d'oublier un instant la Mucha.

Deux types sont venus le chercher pour une photo de groupe, et j'ai feint de m'intéresser au buffet pour ne pas faire tapisserie. Mais le spectacle des petits-fours décongelés m'a rappelé que je devrais être en train de faire la cuisine. J'ai regardé ma montre, il était huit heures douze. Prise de panique en pensant que mon mari était peut-être rentré, je me suis dirigée discrètement vers la porte. Au moment de m'éclipser, Vincent m'a prise par le bras.

– Vous me la jouez Cendrillon ?

– Excusez-moi, il faut que je parte. Merci de m'avoir invitée, et à bientôt, peut-être.

Il m'a embrassée sur la joue :

– Juste un souvenir avant que vous ne vous évaporiez, mademoiselle.

Il a retiré d'un vase vide une fleur imaginaire, me l'a tendue, et il a refermé la porte.

L'ascenseur n'en finissait pas d'arriver. Mon cœur s'était emballé, non pas pour le baiser ni la fleur invisible, mais de crainte qu'Arthur soit déjà rentré. Est-ce que son cœur battait aussi fort quand il serrait la Mucha ? Je n'ai pas eu la patience d'attendre l'ascenseur et j'ai dévalé les escaliers jusqu'au vingt-et-unième étage. Même pas essoufflée, j'ai écouté, avant d'ouvrir la porte, s'il y avait du bruit. Rassurée, j'ai couru dans la cuisine pour préparer le risotto qu'il aime tant. J'ai dressé la table, et c'est là que je me suis rendu compte que j'avais oublié ma veste en coton rose pâle chez Vincent. C'était trop tard pour aller la rechercher. Et puis je me suis dit que ça me donnerait un prétexte pour aller sonner chez lui demain.

J'ai sursauté quand mon mari m'a susurré, en m'embrassant rapidement sur la nuque :

– Bonsoir, mon amour.

Je ne l'avais pas entendu rentrer.

Il m'a retournée, puis il m'a fixée, suspicieux :

– Tu sens l'alcool ?

J'ai senti mon ventre se serrer avant de lui répondre d'une façon désinvolte :

– Normal, j'ai goûté le vin blanc avant de le mettre dans le risotto. Il est très bon, d'ailleurs.

Il a juste hoché la tête. Mais avant d'aller prendre sa douche, il m'a tout de même balancé :

– Ça me rassure, manquerait plus que tu boives en cachette.

Ce « manquerait plus », machinal, culpabilisant, a complètement effacé la gêne causée par mon escapade au vingt-sixième étage.

Il a mangé le risotto sans me faire un compliment. Il avait mis la radio pour suivre une prise d'otages dans une bijouterie. Au dessert, il m'a dit :

– À propos, il me manque une chaussette.

J'ai marmonné :

– C'est triste.

– Oui, tu as encore dû accrocher le linge sur la rambarde, en plein vent. Tu sais que c'est interdit par la copropriété, je vais encore avoir des réflexions. Déjà qu'on est en retard sur le loyer…

Je n'ai pas relevé. Que faisait-il de notre argent, des cadeaux à l'autre ? Des brassées de strings haute couture, un sèche-linge pour éviter les plaintes des copropriétaires ? J'ai senti les larmes piquer mes yeux, en même temps que le contact de sa paume sur mon poignet droit.

– Allez, c'est pas grave, je t'ai dit de ne pas tout prendre au premier degré… Je t'aime.

Et sa voix gentille, son ton consolateur, m'ont fait encore plus mal que ses silences.

*

La prise d'otages s'est bien terminée. Il s'est mis au lit en commentant le suicide du terroriste, avant de conclure :

– Heureusement qu'on n'a pas un commerce sensible.

J'ai confirmé. La sensibilité, il n'y a rien de pire.

Couché en chien de fusil, me tournant le dos, il a ajouté avant de s'endormir :

– Demain soir, on dîne chez mes parents.

Malgré cette bonne nouvelle, impossible de trouver le sommeil. Je me suis retournée vingt fois dans le lit, jusqu'au moment où j'ai été stoppée net par un :

– Arrête de gigoter ! Dors !

J'ai essayé les moutons, les chiffres, la forme des nuages, la respiration profonde, la zen attitude, comme ils disent, mais finalement j'étais dix fois plus énervée qu'avant. Je suis allée discrètement dans le salon, et là, j'ai pu faire tranquillement mon insomnie jusqu'à deux heures du matin.

De tout ce qu'il m'avait dit, la phrase qui revenait avec le plus d'insistance, c'était celle qui commençait par « Manquerait plus ». Par rapport à quoi ? Qu'est-ce que je lui avais fait ? Il ne lui suffisait pas de fréquenter une autre femme, il fallait que ça se retourne contre moi. Qu'il invente des griefs pour alléger ses remords. D'un autre côté, c'était une bonne nouvelle : ça prouvait qu'il en avait.

Ou alors, il préparait sa défense pour le jour où il me quitterait.

Dimanche. Fête des Mères. Réveil douloureux, visage creux et blanc, cernes, comme si on avait baisé toute la nuit. Sauf que lui était tout reposé, tout lisse. Cinq cafés, trois tartines et direction le magasin.

Ce qui me tient éveillée dans mon travail, c'est l'amour ou le chagrin qui se dégagent de ces bouquets, selon qu'ils sont livrés au cimetière ou en main propre. Même pour une petite rose toute simple, je me donne du mal. Devinant parfois le manque de moyens du client, je l'embellis de mousseline de couleur et, discrètement, je lui ajoute une touche de feuillage. J'essaie toujours d'imaginer l'éclat dans les yeux de ceux qui reçoivent un geste d'affection. Ce matin plus encore que les autres jours.

Profitant d'une petite accalmie, j'ai appelé ma mère.

– Bonne fête, ai-je attaqué, d'une voix conciliante, sans pouvoir dire maman.

Elle a pris sa voix d'aéroport, comme chaque fois qu'il y avait une de ses relations dans les parages :

– Merci, ma chérie. Monsieur Gorgelin a eu la délicatesse de venir déjeuner à la maison, sachant que j'étais seule. En plus, il m'a offert un très beau bouquet de fleurs, vraiment magnifique. Attends, je te le passe.

– Bonjour, mademoiselle Lily.

– Bonjour, monsieur, c'est gentil d'être venu.

– Je n'aurais pas laissé Sophie toute seule pour la fête des Mères, elle qui est toujours là pour les autres. Vous avez de la chance d'avoir une maman comme elle, profitez-en bien. On regrette tellement, après, moi qui suis veuf. À bientôt, j'espère. Je vous repasse Sophie.

– Oui, à bientôt.

– Allez, ma chérie, retourne vite à tes clients. Et merci de ton appel, ça m'a fait chaud au cœur.

Je n'étais jamais étonnée de ses revirements, j'ai toujours su que ma mère était la réincarnation de Jekyll et Hyde.

– Allez, je te laisse, ça va refroidir. Dommage que vous n'ayez pas pu venir, j'avais fait une épaule d'agneau pour Arthur. Ne le tue pas au travail. Bisous.

J'ai refermé mon portable. Au cinéma ou dans les livres, il y a toujours une explication pour comprendre ce genre de rapports, et la fin est parfois heureuse, mais là… M'en veut-elle à ce point d'être la fille de mon père ? Je lui ressemble peut-être ? Impossible de le savoir : elle a jeté toutes ses photos, et ma mémoire ne conserve que sa belle écharpe bleue, sa casquette en tweed et les loopings qu'il me faisait faire dans ses bras quand elle n'était pas là.

Ou alors, j'ai gâché sa vie en n'étant pas un garçon. Elle qui aime tellement séduire. Si jamais je mourais la première, elle serait très heureuse avec son gendre.

*

À dix-neuf heures, on a fermé le magasin. Avant de monter dans la camionnette, je n'ai pu m'empêcher de m'arrêter devant la Mucha sur le flanc droit. Cette sensualité naïve, éthérée, sereine, me ramenait à ma triste condition de femme usuelle.

J'ai serré les dents en entendant Arthur me dire :

– C'est vrai qu'elle est réussie. Ça me plaît que tu l'apprécies, ma chérie.

J'ai tout de même réussi à répondre :

– Beaucoup. C'est une belle peinture. Ça n'existe plus dans la vie, des femmes comme ça.

– Va savoir…

Tremblante, j'ai claqué la portière pour éviter de le questionner sur ce « Va savoir » qui n'était que trop clair.

À un feu rouge, il s'est tourné vers moi :

– Tu n'as pas très bonne mine, tu devrais te faire une queue-de-cheval.

– J'ai travaillé toute la journée. Je ne suis pas une peinture promotionnelle sur tôle.

Il n'a pas répondu. Agacée, j'ai mis du rouge à lèvres, du blush, et une pince dans mes cheveux.

– C'est mieux, a-t-il dit, après m'avoir jeté un bref coup d'œil, et il a redémarré. À propos, tu pourras te reposer un peu, j'ai une stagiaire qui arrive la semaine prochaine, pour quinze jours.

– Ah bon ?

– Oui, je voulais te faire la surprise. Mais comme tu te plains, je te rassure. Ça te fera du bien d'avoir du temps pour toi.

Je me suis dispensée de lui retourner la phrase. Il n'allait quand même pas engager la fille qui avait servi de modèle à sa peinture ? Celle de la porte cochère, à tous les coups. Il n'allait pas me remplacer *au magasin aussi.*

Dans un grand silence, nous sommes arrivés à Asnières devant le pavillon de ses parents. J'allais ouvrir la portière, quand il m'a retenue :

– Tu n'as pas pris ta veste rose ?

Avec aplomb, j'ai répondu :

– Je l'ai oubliée à la maison.

Et je suis sortie de la camionnette, sans essayer de

comprendre ce qu'il marmonnait en allant prendre à l'arrière le bouquet de lys blancs que j'avais préparé avec beaucoup de tendresse pour sa mère.

*

Carole, son bouquet serré contre sa poitrine, nous a fait entrer dans le salon, où nous attendait son mari.

– Mon petit rayon de soleil, a-t-elle claironné comme d'habitude, en me prenant le bras.

J'ai toujours été surprise que cette phrase soit pour moi, et non pour son fils. Du tact, peut-être ? Pour me faire sentir que je faisais partie des leurs ? Que je n'étais pas qu'une « pièce rapportée », comme aurait dit ma mère. J'aurais tellement aimé grandir dans une famille pareille…

Elle m'a entraînée vers la cuisine moderne, ouverte sur le salon.

– Ça te va bien, d'être en jupe. Profites-en, tant que tu as de jolies jambes.

Sur un ton de gravité disproportionnée, je lui ai répondu que plus jamais je ne me mettrais en pantalon.

– C'est ce que je disais, avant d'avoir des varices. L'essentiel c'est d'être bien dans sa tête. Et heureux en famille.

Avec un pincement au cœur, j'ai pensé à ma mère quand j'ai vu Carole, souriante, prendre avec délicatesse le même grand vase que je lui avais offert. Au moins, avec elle, mes cadeaux ne se transformaient pas en reproches.

– Tes lys sont magnifiques, ma petite Lily.

– Merci.

Ma mère et elle, c'était vraiment le jour et la nuit. Autant Sophie cultivait sa sveltesse et sa beauté méticuleuse de star américaine sur le retour, toujours prête à reprendre son métier de séductrice au moindre appel, autant Carole assumait ses rondeurs, ses cheveux gris et sa retraite d'infirmière. Elle s'extasiait sur des riens, quand l'autre critiquait tout. J'évitais de les réunir, en dehors de Noël. Elles ne s'appréciaient guère. « Elle est vraiment commune », disait ma mère. Carole, elle, se contentait de la trouver « spéciale ».

Je me suis exclamée, une fois de plus :

– C'est vraiment sympa, cette cuisine américaine. Comme ça, vous n'êtes pas seule quand vous recevez.

De loin, Arthur a balancé :

– Moi, je n'aimerais pas. À cause des odeurs.

– Tu sens quelque chose, là, mon lapin ?

– Non, maman, je disais ça par rapport à chez nous.

Sous-entendu : quand moi je cuisine, ça sent. J'ai failli riposter que le boudin aux pommes, ça imprègne davantage que le poulet en cocotte. Je me suis contentée de lui dire :

– Pour Noël, tu m'offriras une hotte.

Ils ont ri poliment. Carole a posé délicatement le bouquet au bout de la table de la salle à manger.

– Voilà ! Tout le monde en profite. Stéphane, tu découpes le poulet, il n'y a que toi qui saches le faire aussi bien.

Son mari est passé derrière elle, en lui déposant un baiser dans le cou. Le bonheur des autres m'émeut toujours. Sauf que, jusqu'à présent, je me croyais heureuse moi aussi.

*

Le poulet était très bon, les pommes de terre sautées aussi. Pendant le repas, Arthur n'a pas dit grand-chose. Pourtant son père le pressait de questions : « Et comment ça va ? Et le magasin ? Et vos vacances ? » Il répondait par onomatopées, tout en grimaçant de temps en temps, comme pour lui faire comprendre qu'il n'avait pas envie de parler. Sa mère lui a dit avec tendresse :

– Tu n'as pas l'air dans ton assiette.

– Je suis fatigué, c'est tout. Les journées sont longues, et j'ai beaucoup de soucis.

Je n'ai pu m'empêcher de glisser :

– Normal, pour un fleuriste.

Il s'est levé, visiblement tendu, et il est parti sur la terrasse.

– Désolée, c'était de l'humour, ai-je précisé en paraphrasant le boucher. Il prend tout au premier degré, en ce moment.

Tout en aidant Carole à débarrasser, j'ai jeté discrètement un œil vers Arthur, qui, portable en main, paraissait envoyer un texto. À vingt-deux heures, un dimanche. Était-ce pour la Mucha ? Pour ce regard pervers et enfantin que je côtoyais tous les jours sur les flancs de sa camionnette ?

– Tu peux appeler ton fils, Carole, pour que nous dégustions ensemble cette Marie-Brizard ? On ne change pas nos habitudes, n'est-ce pas ? a enchaîné le docteur Morel en se tournant vers moi avec un sourire complice. Même si vous ne trempez qu'un sucre.

Pendant qu'il préparait la glace pilée, Carole est allée taper à la baie vitrée, en faisant signe à Arthur de revenir. Il a fermé son portable et nous a rejoints, les yeux mi-clos, comme s'il avait joui. Mais ça, je l'ai gardé pour moi.

Il a juste bu deux gorgées de la liqueur anisée, prétextant qu'il devait conduire. Mais moi, pour une fois, je n'ai pas plongé de sucre dans son verre : j'en ai bu trois. Juste pour ne plus sentir cette horrible pression que j'avais sur le cœur.

– Ça passe bien, ma petite Lily ? s'est inquiétée ma belle-mère.

– Parfaitement bien.

– On va rentrer, demain je me lève tôt, a dit mon mari.

– Ah bon ? Mais je croyais que tu ne travaillais pas le lundi ? s'est étonnée Carole.

– Exact, mais je cours.

– Et depuis quand ?

– Trois semaines. J'ai besoin de cette décharge d'adrénaline.

Son père l'a regardé avec une petite moue dubitative :

– Méfie-toi, c'est un sport anodin, mais dangereux, surtout quand on est novice, a-t-il diagnostiqué de son ton de généraliste. Moi, je m'en tiens à la devise de Churchill : « No sport » et mes analyses sont nickel. D'ailleurs, je n'ai pas l'impression que cela te réussisse, je te trouve plutôt renfermé, mon garçon. Qu'est-ce que tu en penses, chérie ?

– Si ça lui fait du bien… C'est de son âge de courir. N'est-ce pas, Lily ?

J'ai acquiescé en hochant la tête, avec le sourire le plus niais qui puisse exister.

Mon mari s'est levé, moi aussi, mais avant de partir sa mère lui a dit d'un ton sec, ce qui n'était pas dans ses habitudes :

– Fais attention, quand même.

Il a demandé :

– À quoi ?

J'ai répondu :

– À moi.

Et j'ai gloussé bêtement. Carole m'a dévisagée d'un air perplexe. Elle a murmuré en me serrant dans ses bras :

– Appelle-moi, si tu veux, si tu as le temps.

Je n'ai pas répondu, j'ai juste baissé les yeux.

– Pendant qu'il court, a-t-elle complété à voix basse, en appuyant sur le verbe.

Avait-elle deviné, elle qui connaissait si bien son fils, qu'il avait une liaison ?

*

Pendant cinq minutes, sur le chemin du retour, nous n'avons pas dit un mot. Est-ce la fatigue mélangée à l'alcool qui m'a fait poser ma bouche sur l'entrejambe de son pantalon ?

Il a stoppé net la voiture.

– Tu veux qu'on ait un accident, ou quoi ?

Je me suis redressée lentement et, d'une voix traînante que j'essayais de rendre sensuelle malgré ma déception, j'ai susurré :

– Avant, t'aimais bien, même en voiture.

Il a redémarré en poussant un soupir qui m'a paru exaspéré.

– Je suis fatigué, c'est tout, j'ai besoin de dormir, excuse-moi.

J'ai tout de même posé ma main sur sa cuisse.

– Et là, ça ne te gêne pas ?

– Je n'ai pas dit que ça me gênait, j'ai dit que j'étais fatigué.

– Oui, j'ai compris. Pardon, c'était la Marie-Brizard.

– Y a pas de mal.

Et, pendant tout le trajet, j'ai laissé ma main, tel un poids mort, sur sa cuisse inerte.

Lorsqu'il a garé sa camionnette, j'ai cru qu'il allait venir m'ouvrir la portière, comme d'habitude, il tenait ça de son père. Mais quand j'ai fini par sortir, un peu vacillante, je l'ai découvert en train de gratter une fiente sur le sein droit de sa Mucha. Au lieu de le prendre à la blague et de remercier l'oiseau, je me suis plantée devant mon mari, je l'ai fait pivoter vers moi et, les yeux dans les yeux, je lui ai balancé :

– J'existe !

Il m'a regardée, l'air complètement surpris, et il a demandé sur un ton désarmant :

– Pourquoi ?

Le temps qu'il se rattrape, qu'il bredouille qu'il voulait dire « Pourquoi tu me dis ça ? », j'avais déjà répondu :

– Pour rien.

Le couple, c'était donc cela. Soudain, tout s'arrête. Et, malgré des tentatives inutiles de séduction, on se retrouve dans l'incompréhension, et on cherche vainement à quel moment on n'a pas fait ce qu'il fallait, et on se sent coupable. Coupable de ne pas avoir été à la hauteur pour tenir sur la durée, coupable de n'avoir pas ressenti l'imperceptible usure qui fait passer de l'habitude à l'indifférence. Coupable d'avoir cru que l'homme à qui on avait dit « Oui » était sur la même longueur d'onde : à l'abri de toutes les tentations, loin du paraître et du mensonge, bien au chaud dans la confiance, la connivence, la sérénité.

*

Toute la nuit, j'ai pensé à la Mucha de la porte cochère. Avec elle, il n'y avait pas d'habitude. Il devait la regarder vraiment, comme on s'extasie sur quelque chose de neuf et d'interdit. Enfin, je crois.

Au matin, quand il s'est réveillé, j'ai eu droit à un baiser sur le front. Comme un enfant. Et ce geste m'a tellement énervée que je n'ai même pas pleuré.

J'ai pourtant hésité pendant le petit déjeuner : je lui parle ou pas, je lui dis tout ce que j'ai sur le cœur ? Mais je me suis tue : il avait l'air si heureux en mettant ses Nike, et j'avais si peur qu'il ne revienne pas. Un autre baiser sur le front avant de partir, où j'ai pu sentir son eau de toilette, et cette petite phrase lancée au moment de refermer la porte, qui m'a vaguement rassurée avant de me foutre en rogne :

– Tu es si mignonne. À tout à l'heure, mon amour.

Par rapport à quoi, mignonne ? À la Marie-Brizard d'hier soir, à la pipe avortée, à ma robe Petit-Bateau de ce matin que je venais de tacher de confiture, ou à la pute 100 % chienne qu'il s'apprêtait à aller niquer ?

Je suis restée assise, mon bol de café dans les mains, en pensant que j'ignorais en fin de compte comment ça fonctionnait, un homme. En dehors d'Arthur, je n'avais aucun repère, ni de famille, ni de couple antérieur. Il était temps que ça change. Sans l'avoir totalement décidé, mais en connaissance de cause, pendant qu'il courait vers sa Mucha, je commençai à courir à ma perte.

D'habitude, le lundi, je m'occupe de la maison, mais aujourd'hui, non. À partir de maintenant, je ne cirerai plus ces vieux meubles que je n'ai pas choisis, souvenirs d'une tante décédée. Il n'a qu'à se débrouiller avec la poussière de sa famille, comme moi j'essaie de me débrouiller avec ma vie.

Quand un mari a une maîtresse, elle n'est sûrement pas à quatre pattes en train de lessiver le carrelage – quoique, dans certains films, j'aie pu remarquer que les hommes trouvaient cette position assez érotique. Ça plaît, la cambrure ancillaire. Mais l'odeur de javel, non. Une maîtresse ça sent bon, ça sent le parfum, les dessous sont sexy ou blanc virginal, selon les goûts, et puisqu'on n'a que quelques heures, le quotidien, les tracas, les habitudes n'existent pas, on est comme dans une bulle, et là, je crois qu'on baise vraiment, puisqu'on est en dehors du temps. Mais moi, je ne connais pas ça. On ne me l'a jamais proposé et je n'ai jamais songé à l'offrir. Pourquoi ? Je me le demande, ce matin.

Dès le début de notre rencontre, tout était si clair entre nous – trop, peut-être. Aucun secret, aucun mystère. Un mariage, l'excitation de vivre ensemble, de quitter ma chambre d'enfant située à côté de la porte d'entrée, de repeindre l'appartement, de choisir la déco et l'électroménager, et tout cela joyeusement, malgré la vieille armoire antique et le buffet branlant qu'il fallait bien « loger », en mémoire de sa tante que je n'avais pas connue. Même quand on faisait l'amour, c'était assez joyeux. Mais, avec le recul, je pense que je n'étais pas assez perverse, ni inspirante. Je n'ai jamais pensé à nous acheter des bas noirs ou un soutien-gorge transparent ou des menottes – sans parler du string, auquel je n'avais eu recours qu'à titre de pièce à conviction pour le pousser aux aveux, avec le succès qu'on a vu. Non, je m'étais cantonnée aux mêmes culottes seyantes, peut-être un peu trop grandes, mais qu'il trouvait mignonnes. J'aurais dû me méfier de ce mot. Et maintenant, il m'embrasse sur le front parce qu'il me trouve mignonne, comme mes culottes.

J'ai regardé l'heure. Était-il déjà arrivé chez la Mucha ? Elle est peut-être mariée, elle aussi, et il la retrouve dans un hôtel qui loue des chambres à l'heure, pour la paix des ménages. Je me suis levée d'un bond, j'ai ouvert mon placard, pris toutes mes mignonnes culottes, et je les ai jetées dans le sac-poubelle presque plein. Après les avoir bien mélangées aux détritus, j'ai fermé d'un geste rageur le lien coulissant.

Mais, après avoir pris ma douche, je me suis aperçue qu'il ne m'en restait plus une seule, et je ne pouvais pas décemment les récupérer. Pour la première fois de ma vie, je me suis habillée sans culotte. Drôle d'effet. L'impression de se sentir nue malgré la jupe, mais tout de même propre, ce qui m'a rassurée. Mais moi, je n'avais pas d'amant, et je ne pouvais pas lui faire la surprise. J'ai à nouveau regardé l'heure, je n'aurais pas dû. Je voyais la Mucha allongée sur le lit, mon mari en train de lui faire l'amour, lentement, si lentement, et il regardait ses yeux mi-clos, sa bouche entrouverte et…

La sonnette a interrompu cette vision morbide. Je suis allée ouvrir sans demander qui était là. Vincent se tenait devant moi avec son chien, ma veste rose à la main. Il a jeté un coup d'œil sur mon alliance, et discrètement m'a demandé :

– J'espère que je ne vous dérange pas ?

Devant mon air statufié, il a enchaîné :

– Le gardien m'a donné l'étage, Lily. Il vous connaît bien, vous et votre mari.

– Mon mari, ai-je bégayé, oui, bien sûr. Merci pour la veste.

Comme il ne bougeait pas, je lui ai dit d'entrer, par politesse.

– Une autre fois, c'est l'heure de la promenade de Charly.

– Je descends avec vous, j'ai quelques courses à faire.

Et nous nous sommes retrouvés dans l'ascenseur, où je me suis souvenue que je n'avais pas de culotte. Pétrifiée, je me suis collée contre la paroi, pour ne pas me baisser vers le chien qui, comme à son habitude, tirait sur ma jupe.

– Un problème ?

– Non, il y a des jours où je panique dans l'ascenseur, une sorte de claustrophobie.

– Et mon chien qui vous embête. Charly, stop !

Le chien s'est arrêté. Vincent a commenté, comme s'il parlait de la météo :

– Il aurait été capable de vous descendre la jupe. Il est buté quand il tient quelque chose, il ne lâche rien.

J'ai respiré profondément pour garder l'air anodin, en imaginant ma jupe aux chevilles et mon sexe à l'air, même pas épilé, dans l'ascenseur. La porte de la cabine s'est ouverte au dixième étage. Plusieurs personnes sont entrées, et Vincent s'est serré contre moi pour faire de la place aux arrivants. J'ai saisi son bras, machinalement, quand la canne d'une vieille locataire a pris appui sur mon pied.

– Pas de panique, on arrive bientôt.

– Merci.

Tout à coup, je me suis dit qu'il aurait pu être mon père. J'étais toujours accrochée à lui quand nous sommes sortis de l'immeuble.

– Venez, on va faire quelques pas au bord de la Seine, il fait beau, ça vous fera du bien. Vous êtes si pâle.

J'ai hoché la tête, nous avons traversé le quai de Grenelle et nous avons rejoint l'allée des Cygnes, juste en dessous de la statue de la Liberté. Je commençais à me détendre. Se promener à deux, sans but, ce qui m'arrive rarement avec mon mari, était très agréable, j'en avais presque oublié la Mucha pendant quelques minutes. Et même ce coup de vent impromptu qui a soulevé ma jupe m'a fait rire, quand je l'ai rabaissée de justesse.

Vincent s'est retourné vers moi :

– Vous avez l'air d'aller mieux.

– Oui. Merci de votre patience.

– Avec le temps, on finit par obtenir ce qu'on attend.

– Encore faut-il savoir ce qu'on veut.

Il n'a pas répondu. On a fait le tour de la petite île, au rythme des pipis de Charly, et on est revenus devant le centre commercial de Beaugrenelle, en échangeant des platitudes sur les pistes cyclables désertes qui augmentaient la pollution en multipliant les embouteillages. Au moment de se quitter, il s'est approché de mon visage, et, machinalement, je l'ai repoussé :

– Non, pas sur le front, s'il vous plaît.

Il a eu un rire à la fois très gamin et très viril :

– J'essayais de voir la couleur de vos yeux. Vert ? Bleu ? Gris-bleu ?

– Ça dépend de mon humeur et des jours, c'est important ?

– Non. Vous faites comme vous voulez. Au revoir, Lily. À bientôt.

Il est parti avec son chien. Et je suis allée m'acheter des strings.

*

J'ai dévalisé la boutique de lingerie, après avoir tenté de joindre mon mari sur son portable. Entre le chagrin, la résignation et l'envie d'inconnu, j'ai sorti ma carte bancaire, composé mon code comme dans un état second, et je suis retournée à la maison, à nouveau gênée par cette ficelle qui me rentrait dans la raie des fesses, mais avec la ferme intention de m'y habituer, cette fois. Pendant que j'attendais Arthur, je me suis demandé si ma réaction était normale. J'étais anéantie, mais sans aucun symptôme classique : ni envie de suicide, ni crise de nerfs, ni hurlements tragiques. Est-ce que je l'aimais vraiment, cet homme ? M'étais-je joué la comédie en pensant que sans lui je ne pourrais plus vivre ? Notre amour n'était peut-être qu'une bouée à laquelle je m'accrochais en oubliant que je savais nager. Ma lucidité retrouvée ne tenait-elle qu'à la ficelle d'un string ? Je ne me reconnaissais plus. La femme inconnue qui me volait mon mari était-elle en train de me révéler ma face cachée ?

Quand il a ouvert la porte, à dix-huit heures trente-quatre, j'ai senti une accélération au niveau du cœur. C'était moins le soulagement qu'il soit rentré que l'appréhension d'écouter ses mensonges sans réagir. J'ai réussi tout de même à lui demander d'une voix fluette et douce :

– C'était bien, aujourd'hui ?

– Je suis mort, s'est-il réjoui. Je ne t'embrasse pas, je suis trempé, je vais prendre une douche.

Il ne sentait pas la même sueur que lorsqu'il transpirait sur moi pendant l'amour. Je l'ai suivi dans la salle de bains, et pendant que l'eau coulait, j'attendais que l'odeur de la Mucha disparaisse. Comme je le fais parfois, je lui ai tendu sa grande serviette, et pendant que je frictionnais son dos, je scrutais chaque parcelle de sa peau pour essayer d'apercevoir une marque d'ongle ou une trace de suçon dans le cou. Mais non, il n'y avait rien, juste une grande éraflure que je connaissais, et qui venait d'un rosier grimpant. Il s'est retourné vers moi, tout nu, mais le sexe en berne. Pendant qu'il enfilait tee-shirt et pantalon, j'ai relevé ma jupe, je lui ai montré mon string. Il s'est figé, bouche bée. Puis, il s'est brusquement ressaisi, et il a ri.

– C'est nouveau, dis donc… Tourne-toi pour voir. C'est joli, ce violet. T'es très mignonne comme ça. Mais tu devrais t'épiler, ça déborde.

Il m'a donné une tape sur les fesses, rentré l'étiquette à l'intérieur, et il a enchaîné en sortant de la salle de bains :

– J'ai une de ces faims, tu viens ?

Même les fesses à l'air, je reste *mignonne*. J'ai regardé mes poils qui dépassaient du triangle mauve. Avait-il fait une comparaison avec la Mucha ? Tout devait être bien net, chez elle, taillé jardin à la française ou bien rasé au laser, définitif. J'ai redescendu ma jupe d'un geste rageur, et je l'ai rejoint dans la cuisine.

D'une voix ragaillardie, il m'a lancé sans se retourner :

– C'était génial, aujourd'hui.

– Tu ne tires pas trop sur la corde ? ai-je dit, en jaugeant son air épanoui malgré ses traits tirés.

– C'est indescriptible ce qu'on ressent. Le premier kilomètre, faut s'installer, après tu penses que t'es vraiment con de faire ça, et puis tu te dis que tu vas crever, et puis t'oublies, tu rentres dans un truc hallucinant.

D'un pas lourd, il est allé ouvrir le frigo et, en voyant sa façon de marcher, j'étais sûre qu'il avait baisé toute la journée. Puis il m'a regardée, dubitatif :

– Tu n'as pas fait les courses ?

– J'ai oublié. Il reste des pâtes.

Il a poussé un soupir, puis il est allé s'écrouler sur le canapé devant la télé, et moi j'ai préparé le dîner en pensant aux poils de la Mucha format timbre-poste.

En attendant que l'eau commence à bouillir, je suis sortie de la cuisine et je lui ai lancé :

– Tu veux qu'on divorce ?

Il n'a pas répondu. Je me suis approchée de lui, il m'a regardée avec une drôle de grimace, alors j'ai répété ma phrase, très calmement. Il a retiré ses écouteurs, l'air contrarié :

– Tu disais ?

L'élan était retombé. J'ai juste répondu :

– Sauce tomate ou basilic ?

– Comme tu veux, j'écoute mes messages, là.

Pendant que je tournais les pâtes dans la casserole, je me suis vue allongée nue devant quelqu'un qui ressemblait à Vincent, mais sans le chien. Serais-je capable d'inspirer du désir à un autre homme, d'être regardée dans les yeux pour une autre raison que la curiosité, l'envie d'en savoir la couleur ? Mais le fantasme était moins résistant que la jalousie qui me taraudait, et l'image de la Mucha a remplacé la mienne. Alors je l'ai imaginée en train de traverser la rue, et moi je fonçais sur elle au volant de la camionnette peinte à son effigie. Le bruit du choc s'est dilué dans le grésillement de l'eau qui débordait de la casserole.

J'ai eu honte de ces mauvaises pensées en voyant mon mari sagement assis, comme un gosse qui attend son dîner. J'ai assaisonné les pâtes.

En changeant de chaîne, il a dit :

– Elles sont parfaites.

C'était toujours ça. Il finissait de saucer son assiette quand son portable a sonné. Ma fourchette s'est figée dans ma bouche, il a jeté un œil sur l'écran, et il a refusé l'appel.

– Trop sommeil pour répondre.

– C'est normal, va te coucher, je débarrasse.

Il s'est levé lentement, et en passant, m'a donné un baiser sur le front.

– Je t'aime. N'oublie pas de mettre le réveil sur trois heures, je vais à Rungis demain matin. Très mignon ton petit string Aubade, même avec les poils.

Il me disait souvent « Je t'aime », mais d'une façon si détachée qu'il m'arrivait de ne pas répondre. Là, qu'il ait fait attention à la marque de mon string m'a vraiment touchée.

Et si tout simplement il avait besoin de ce lundi pour décompresser tout seul ? Il travaillait si dur pour que son magasin soit rentable. Était-ce mon imagination qui me jouait des tours en pensant qu'il avait une liaison ? Si ça se trouve, le boucher s'était trompé de personne. Mon mari était unique pour moi, mais il ressemblait à tout le monde. Il était peut-être juste épuisé, déprimé à cause de ses soucis de gestion, et je n'avais rien perçu, à part le reflet de ma petite jalousie à la con. Au lieu d'essayer de l'aider, je m'étais montrée distante, froide, injuste.

Après avoir rangé la cuisine, j'ai préparé son petit déjeuner sur un plateau. Puis je suis allée programmer le réveil sur sa table de nuit.

En me glissant dans le lit, je me suis blottie contre lui, presque sereine, mais l'image de la Mucha m'est soudain réapparue. Impossible de l'effacer. L'avait-il déjà embarquée à quatre heures du matin pour lui faire découvrir Rungis, comme s'il lui montrait Versailles ? S'était-elle admirée comme dans un miroir sur le flanc de sa camionnette ? Était-elle fière qu'il la trimballe partout même quand elle n'était pas là ? Avait-elle pensé à moi, rien qu'une fois ?

Peut-être qu'elle ignorait mon existence. Arthur avait dû faire scier son alliance, l'an dernier, quand son doigt s'était infecté après une piqûre de rose. Je lui en avais racheté une, mais j'attendais notre anniversaire de mariage pour la lui offrir. Est-ce que ce serait encore d'actualité ?

*

À trois heures, le réveil a sonné, il s'est levé discrètement, et j'ai gardé les yeux clos. Combien de temps allais-je encore entendre le bruit de sa douche, son pas léger sur le parquet, le ronron de la machine à café et le frottement de la porte qui se referme ?

En fin d'après-midi, tirant mon caddie après avoir fait les courses, j'étais en train de passer devant notre magasin, quand j'ai vu Charly et un autre chien attachés à côté de la devanture. Surprise, j'ai regardé à travers la vitrine, et c'est là que je l'ai vue : la jeune femme en blanc que j'avais rencontrée chez Vincent. Au milieu des fleurs, ses cheveux blonds ondulés défaits, elle ressemblait soudain à la Mucha. Elle tendait vers Arthur une enveloppe qu'il a posée sur le comptoir avec un air de soulagement. Une réponse à une lettre d'amour ?

Abasourdie, clouée sur place, je l'ai observée. J'ai suivi son geste gracieux qui remontait doucement la fine bretelle de sa robe blanche pendant que mon mari, assez près de son visage, devait lui chuchoter je ne sais quoi d'érotique. Puis elle s'est dirigée vers les roses Red Naomi, mes préférées, d'un rouge intense et d'une durée de vie très longue. Elle s'est penchée vers elles, un peu trop, à mon avis, ce qui soulignait sa taille fine et la rondeur de ses hanches, puis elle s'est retournée vers lui avec un sourire à faire fondre l'Antarctique. Il en a saisi une, la lui a tendue, elle a minaudé, et il a pris sa main pour la lui donner. C'est à ce moment-là que je me suis dit que je n'enlèverais plus jamais les épines des roses avant de les vendre.

J'ai eu le courage de ne pas entrer. Je n'ai même pas caressé le chien, malgré son insistance. J'étais au-delà de la colère, au-delà du chagrin. Anesthésiée. Elle était donc bien réelle, la femme dont mon mari était amoureux. J'ai repris mon caddie, et la seule chose qui m'ait ramenée à la réalité était la ficelle du string qui me vrillait la raie des fesses à chaque pas.

Au moment où j'ouvrais la porte de l'appartement, mon portable a sonné. C'était Arthur.

– Oui ?

– Lily, juste pour te rappeler que j'ai rendez-vous avec mon comptable. Je serai à la maison vers vingt et une heures trente. Je t'aime.

Et il a raccroché.

Je n'avais aucun souvenir de ce rendez-vous. Par contre, je revoyais le geste sensuel de la Mucha remontant la bretelle de sa robe blanche, sous les yeux de mon mari. Cette image se tenait là, fixe, devant moi, et je sentais une colère froide m'envahir. Cette jeune femme détruisait ma vie avec détermination. Cette vie simple et douce que nous avions construite à petit feu.

Cette vie qui aurait dû nous emmener tous les deux vers la vieillesse, d'un pas tranquille et confiant. Je ne pourrais plus jamais m'identifier, alors, à ces vieux couples qui se tiennent la main après ce long parcours à deux ? Une inconnue pouvait donc s'introduire chez nous, saccager nos joies, nos désirs, nos projets, sans que je remue le petit doigt ?

Les nerfs à vif, je me suis déshabillée, j'ai rangé mes courses, et je suis allée me choisir une robe rouge, courte, à bretelles moi aussi – je n'avais jamais osé la porter, même en vacances. Je voulais déchiffrer ce qu'un homme pouvait ressentir devant ce mouvement de va-et-vient d'un centimètre de tissu. J'ai sorti du frigo la bouteille de champagne qu'Arthur avait achetée en prévision de notre anniversaire de mariage, et je suis montée chez Vincent, pas du tout gênée de débarquer à l'improviste. Cet homme qui aurait pu être mon père, mais qui ne l'était pas, me semblait parfait pour ce test.

Ce qui m'a troublée, quand il m'a ouvert la porte, c'est qu'il n'avait pas l'air surpris de me voir. Je lui ai donné la bouteille en souvenir de la soirée que j'avais passée chez lui. Il a cherché deux verres, l'a ouverte sans un mot, et nous a servis. Je me suis assise sur le canapé, en face de lui, et j'ai demandé d'une voix neutre :

– Charly n'est pas là ?

– Non, il se promène.

– Tout seul ?

– Non, avec sa promeneuse, Angélique.

Devant mon air étonné, il a enchaîné :

– La jeune fille qui vous a ouvert la porte quand vous êtes venue chez moi.

J'ai caché sous ma fesse ma main qui tremblait.

– Je ne m'en souviens pas, ai-je menti avec un grand sourire crispé.

– Une fille très sympa, très jolie, un style d'une autre époque, vous voyez.

– Je vois.

– Enfin, ce qui compte, c'est qu'elle est fiable et qu'elle n'habite pas loin. Comme ça je sais que le mardi à partir de quatorze heures, Charly est dans de bonnes mains.

– Ça, j'en suis sûre, ai-je réussi à dire.

Si elle était du quartier, mon mari n'avait pas à courir très loin. J'étais fracassée, et pourtant, quand Vincent m'a regardée avec insistance, j'ai décroisé les jambes en ne pensant qu'à Arthur. Lorsque j'ai retiré ma main de sous ma fesse, ma bretelle est tombée, et j'avais l'impression d'être la Mucha. J'étais prête, à ce moment-là, à faire n'importe quoi, par dépit, par souffrance. Mais j'attendais que le premier geste vienne de lui, on a sa dignité tout de même. Il continuait à me fixer sans bouger, et, avec un petit sourire ironique, il a murmuré :

– Angélique promène des chiens pour payer ses cours au Louvre. Elle veut devenir guide. Beau métier, n'est-ce pas ? Faire découvrir aux autres ce qu'ils ignorent, leur remplir la tête de toutes ces merveilles.

– Super.

J'ai mordu ma lèvre inférieure. Je n'étais qu'une petite conne qui se croyait irrésistible en faisant tomber une bretelle. Et en plus, je me retrouvais en train de m'extasier sur la maîtresse de mon mari, que Vincent avait l'air d'apprécier, lui aussi.

Il a regardé l'heure.

– Excusez-moi, mais le devoir m'appelle. Je suis en télétravail, le mardi après-midi.

Je me suis levée, à la fois digne et rassurée de n'avoir plus à attendre qu'il fasse un premier pas. Il a ajouté, comme pour se justifier, que c'est la raison pour laquelle il faisait promener Charly, le mardi.

– Pas de problème. Et vous faites quoi comme télétravail ?

– Je rédige un ouvrage de développement personnel durable avec un collaborateur. Le mardi, nous confrontons nos points de vue.

J'ai dit que je comprenais. Il m'a raccompagnée à la porte sans essayer de m'embrasser, ni de tenter un geste équivoque. Il m'a juste dit, avant de remonter ma bretelle d'un air machinal :

– Merci pour le champagne. On se revoit bientôt, j'espère. Dans l'ascenseur, peut-être.

– C'est ça.

– C'était très agréable.

Et il a refermé la porte.

Je ne valais donc pas mieux à ses yeux : un fantasme à pipes virtuelles entre deux étages. Réussi, mon test. Il ne me restait plus qu'à racheter un Mumm Cordon Rouge pour mes neuf ans de mariage.

En redescendant à pied au vingt-et-unième, j'ai essayé de me raisonner. Et si c'était mon imagination qui me jouait des tours ? Qu'est-ce qui me faisait croire qu'en me baissant pour caresser un chien dans un ascenseur, j'avais donné à son maître l'envie que je le suce ? Peut-être que cela ne l'avait même pas effleuré. Peut-être que cela l'amusait juste de me voir rougir, de me dragouiller en me proposant trois pas au bord de l'eau pour tester la couleur de mes yeux.

Devant la porte de l'appartement, je suis tombée sur ma mère.

– Tu ne prends pas ton portable quand tu sors. Mais tu étais où ?

– Aux poubelles.

– Elles sont sur le toit ?

– Oui, les corbeaux font le tri sélectif.

– Je n'ai pas le cœur à plaisanter. Ça fait dix minutes que je t'attends, dans la voiture.

– Et pourquoi ?

– Tu as oublié, cela ne m'étonne pas. Tu dois m'accompagner chez ton dermato.

De ses ongles longs peints en rouge vif, elle m'a désigné une tache brune sur sa joue gauche.

– J'espère que ce n'est pas un carcinome. Je ne vois pas sur qui je pourrais compter, s'il m'arrivait un malheur.

Sur moi, aurais-je voulu lui dire, mais ma bouche restait fermée. Était-ce si difficile de la rassurer ? Oui. Cet air supérieur, ne doutant jamais d'elle, ce regard d'aigle qui me glaçait, enfant, ne m'effrayait plus, mais je n'arrivais pas à m'en abstraire. J'étais une chose sans valeur, c'est ce qu'elle m'avait fait sentir toute mon enfance, dans son magasin d'antiquités. Qu'étais-je, à côté de cette bergère Louis XIII qui avait traversé les siècles sans même une éraflure, ou de ce vaisselier Régence qui avait abrité de si beaux services de Sèvres, ou de ce fauteuil Voltaire qu'avaient usé tant de culs bien nés ? Elle m'apprenait la valeur marchande et le pedigree de chacun, puisque c'était moi qui étais appelée à lui succéder un jour à la Galerie Noëlland Père et Fille – c'était elle, la Fille avec un grand F. C'est comme ça que la surnommait mon papa, d'ailleurs : « Sa Majuscule ». L'une des rares choses dont je me souvienne chez lui : son élégante flexion des index pour exprimer les guillemets. Ce qui m'avait sauvée, c'est l'incendie qui avait détruit toutes ces vieilleries. Depuis, Noëlland Fille vivait du montant de l'assurance et j'étais passée des meubles anciens aux fleurs fraîches.

Elle a eu un soupir de consternation, et j'ai pensé que mon silence y était pour quelque chose, mais non, c'était juste pour ma robe rouge à bretelles :

– Tu vas sortir dans cette tenue ? C'est d'une vulgarité.

– Et alors ? Comme ça, je te mets en valeur.

Elle est restée indécise, se demandant si c'était un affront ou un compliment. Et j'ai repris l'ascenseur en sa compagnie, avec des pensées aigres-douces.

*

Dans la voiture, accompagnées par la Neuvième de Beethoven, elle conduisait comme d'habitude, avec une nervosité péremptoire, accélérant ou rétrogradant au rythme de la musique, ponctuant les montées orchestrales d'injures aux conducteurs voisins. Et moi, j'étais cramponnée à ma ceinture de sécurité, priant Dieu qu'on arrive intactes à son rendez-vous. De temps en temps, elle me jetait un coup d'œil en pinçant la bouche, d'autres fois elle desserrait les lèvres en parlant très fort pour couvrir Beethoven :

– On dirait que tu te rends au bal des Pompiers. Ça m'étonnerait que mon gendre apprécie cette tenue. Il est si raffiné. Fais attention, ma p'tite fille, les hommes comme lui aiment l'élégance, le feu qui couve sous la glace, c'est ça qui leur plaît, j'en sais quelque chose.

– Parfois, ils aiment les putes.

Elle a accéléré pour brûler le feu orange.

– Qu'est-ce que tu as changé ! Quand tu étais petite, tu étais bien élevée, discrète, jamais un mot de travers. Même au pensionnat, la mère supérieure me félicitait de l'éducation que je t'avais donnée, comme ensuite les clients à la galerie, et là, franchement, tu n'es plus la même. Si tu es agressive comme ça avec ton mari, il va finir par partir.

– Comme mon père ?

– Ton père n'est pas parti, il avait une liaison et, avec ma franchise habituelle, je lui ai dit que j'étais au courant et que cela m'était insupportable, c'est tout. C'est *moi* qui ai rompu – qui l'ai congédié, plutôt, c'est le terme.

En effet. Congédié et coulé. Mon père était ébéniste restaurateur, c'est lui qui lui maquillait tous ses vieux meubles douteux pour les rendre encore plus vieux et authentiques. Elle l'avait licencié avant d'entamer la procédure de divorce, et avait ruiné sa réputation dans le monde des antiquaires en l'accusant d'avoir fabriqué de fausses estampilles. C'est ma marraine, une de ses anciennes collègues, qui me l'a appris sur son lit de mort – je ne saurai jamais si c'était elle, sa « liaison ».

– D'ailleurs, tu ne devais pas beaucoup l'intéresser, puisqu'on ne l'a jamais revu, a-t-elle conclu, avec ce sourire narquois qui me donnait toujours envie de la baffer.

Je ne lui ai même pas répondu. La seule chose dont j'étais sûre, c'est que mon père m'aimait, mais qu'il n'est jamais revenu parce qu'on ne revient pas mendier la clémence de ce genre de femme. J'ai toujours compris sa fuite, mais au fond de moi, toutes mes années d'école, j'avais l'espoir qu'un jour il reviendrait me chercher. Peut-être qu'il était là, derrière les grilles, juste pour m'apercevoir, mais qu'il se cachait pour ne pas troubler ma vie. C'est cette image de père caché derrière le grand marronnier en face du pensionnat qui est le mieux ancrée dans ma mémoire. C'est elle qui, si souvent, m'a empêchée de sombrer.

– L'égoïsme de ton père, c'est ce qui m'aura le plus blessée dans ma vie, a-t-elle énoncé après un long silence de rumination.

Elle s'est garée, enfin. La Neuvième de Beethoven s'est arrêtée en plein crescendo, et j'ai poussé un soupir de soulagement. Nous sommes sorties de la voiture comme deux étrangères – que nous étions. Je l'ai entendue marmonner quelque chose pendant que je marchais devant elle sur le trottoir, « Tel père, telle fille », un truc de ce genre. Ça m'allait très bien.

Dans la salle d'attente, elle a pris un magazine et, tout en le feuilletant, elle m'a dit avec ce ton doucereux que je connaissais trop bien :

– Une vraie beauté, cette femme, tu ne trouves pas ?

Elle montrait une footballeuse en robe du soir. J'ai répondu : « Oui. » Mais elle n'arrivait plus à me faire mal. Quand je vivais avec elle, toutes les autres filles étaient toujours plus belles, plus intelligentes, et moi, je me ratatinais dans mon coin, en espérant qu'un jour, un jour seulement, elle me ferait un compliment. Rien. Même quand, les matins où elle partait chiner en province en me laissant la garde de la galerie, je réussissais à fourguer un vieux bibelot au prix affiché, elle soupirait à son retour : « Il va me manquer. » Le jour de mon mariage, elle ne m'a rien dit sur ma robe. Elle s'était juste habillée en blanc, à peine plus cassé que le mien, et je me souviens que nous avions eu beaucoup de mal à nous faire prendre en photo tout seuls, mon mari et moi. Sur le parvis de l'église, elle lui a glissé :

– Je ne sais pas si Lily vous mérite, mais j'espère qu'elle vous rendra heureux.

Le médecin nous a fait entrer. Elle avait l'air

surprise qu'il soit content de me voir. Elle ignorait que j'étais l'un de ses plus grands succès : il avait réussi à faire disparaître mon psoriasis, contre toute attente. Après de longs mois à me soigner, et surtout à me faire parler, il avait défini le cas de ma mère en trois lettres : PNA. Perverse narcissique aliénante. Et cette formule magique m'avait guérie. Il a fait passer la PNA dans la pièce voisine, avec un plissement des yeux pour me rassurer.

Au bout de vingt minutes, ils sont revenus. D'un ton enjoué, il s'est tourné vers moi :

– Ce n'est pas grand-chose, c'est l'âge, voilà tout : les taches arrivent. Je peux lui faire du laser, mais ça reviendra.

Ma mère, coincée comme un pet, lui a fait un chèque, sans un mot, et il nous a raccompagnées à la porte avec un sourire vengeur pour moi, qu'elle n'a heureusement pas vu. Dans l'ascenseur, elle m'a presque insultée :

– Minable, cher, et expéditif. Je me demande bien ce que tu vas faire chez lui.

– Moi, rien. J'accompagne une amie qui a un problème de peau.

– En général, c'est un manque d'hygiène.

– C'est ça. En tout cas, il a un très bon diagnostic.

Nous sommes sorties de l'immeuble, nous sommes montées dans sa voiture, et elle m'a déposée au bout de ma rue à cause du camion-poubelle qui la bloquait. Au moment où j'allais la quitter, elle m'a jeté en m'agrippant le bras :

– Habille-toi correctement la prochaine fois, je te prie. De quoi j'ai l'air ?

Et là, moi qui n'arrive jamais à dire ce que je ressens, par peur de ne plus être aimée, ou d'être rejetée, j'ai répondu spontanément à voix basse, sans aucune agressivité mais avec un grand naturel, après toutes ces années de non-dits :

– Tu m'emmerdes.

Et j'ai claqué la portière.

Elle n'est pas sortie de la voiture pour me gifler, mais j'ai entendu la Neuvième de Beethoven réinvestir les haut-parleurs avant qu'elle ne redémarre. Comme si rien ne s'était passé.

J'ai continué mon chemin, libérée de tout ce qui m'avait tenu lieu d'enfance depuis qu'elle avait *congédié* mon papa.

En arrivant dans l'immeuble, j'ai trouvé devant l'ascenseur la Mucha qui tenait en laisse Charly et l'autre chien. Glissée dans sa ceinture, il y avait la rose offerte par mon mari.

Lumineuse, elle m'a tendu la main :

– Nous nous sommes rencontrées chez Vincent. Lily, c'est ça ?

Prise de court, j'ai confirmé mon identité, sans savoir si elle avait fait le lien entre Arthur et moi.

Quand Charly s'est mis à tirer sur ma robe, comme d'habitude, elle a juste levé le doigt vers lui, et il s'est arrêté. Elle tenait les deux laisses dans sa main gauche et, de la droite, pour le récompenser de son obéissance, elle lui caressait le crâne. Mais ce que je voyais en surimpression, c'était la tête de mon mari sous ses doigts. Comment résister à cette façon qu'elle avait d'effleurer la peau, si sensuellement ?

– Moi, c'est Angélique. Vous habitez l'immeuble, vous aussi ?

Pour toute réponse, j'ai marmonné entre mes dents.
– Pardon ? m'a-t-elle souri.
– Je disais : quelle rose magnifique.
– C'est un ami qui me l'a offerte. Une Red Naomi. Elle est belle, et, surtout, elle a un parfum d'une délicatesse incroyable.
En entrant dans l'ascenseur, elle m'a mis la rose sous le nez, j'ai fait semblant de m'extasier. Elle m'a demandé :
– Quel étage ?
J'ai menti pour voir sa réaction :
– Treizième. Et vous ?
Aucune réaction. Mais ça ne prouvait pas non plus qu'elle n'était jamais venue chez nous en mon absence.
– Je vais chez Vincent pour lui ramener Charly. D'ailleurs, si vous avez un chien, je pourrais le promener lui aussi, une ou deux fois par semaine.
Ça ne lui suffisait pas de tenir mon mari en laisse. J'ai dit :
– Un chien... J'y penserai.
Elle a regardé sa montre en faisant claquer sa langue et, d'une voix enjouée mais grave, elle m'a dit :
– Je vais être en retard, je dois encore ramener Sam, et j'ai un rendez-vous à huit heures.
Je sais, avec mon mari, ai-je répondu dans ma tête.
Pendant que l'ascenseur montait, je sentais son par-

fum plus fort que celui de la rose, une odeur de vanille, de patchouli et une pointe d'autre chose que je n'arrivais pas à définir : irrésistible. Je l'ai regardée, et pendant quelques secondes, j'ai eu une envie, irrésistible moi aussi, de plaquer mes lèvres sur les siennes. Juste pour connaître le goût de la bouche qu'Arthur embrassait. Charly s'est tourné vers moi, en grognant, et ça a stoppé net cette drôle d'idée. Est-ce que le bichon lisait dans mes pensées ?

– Treizième, a-t-elle dit d'une voix amusée, comme si elle savait que je lui avais menti sur l'étage. À bientôt, j'espère, Lily. J'aime beaucoup votre robe.

Cette façon suave de dire Lily m'a exaspérée. Parlait-elle comme ça à mon mari ?

– Sûrement, à très bientôt.

Et je suis sortie, dans l'impossibilité de dire son prénom. La seule chose à faire était de l'empêcher d'aller à leur rendez-vous. J'ai retiré ma clé de son anneau, je l'ai glissée dans mon string, et je suis redescendue attendre la Mucha devant l'immeuble.

Au bout de cinq minutes, elle est arrivée avec Sam, et j'ai fait semblant de chercher quelque chose sur le trottoir.

– Lily ?

L'air catastrophé, je lui ai dit, en lui montrant l'anneau vide :

– J'ai perdu ma clé.

Comme dans l'ascenseur, elle a claqué la langue, avant de scruter le trottoir de ses yeux en amande. Son portable a sonné.

– Vous pouvez tenir Sam ? C'est mon père.

En plus, elle avait un père.

J'ai pris la laisse, elle m'a tourné le dos pour lui parler. Elle lui demandait de ses nouvelles avec une tendresse qui m'a noué l'estomac. Le chien tirait sur son collier, pressé de rentrer chez lui ou d'aller renifler des choses. Quand elle a dit « Prends soin de toi, je t'aime », j'ai lâché la laisse. Exprès ou non, je ne sais pas. Ces mots qu'on ne m'avait jamais dits et que j'aimais tant prononcer à l'oreille d'Arthur, avant qu'on partage le même toit et le même travail, ces mots qui me revenaient de plein fouet dans la bouche d'une autre me tétanisaient. Mais, lorsque j'ai vu le petit chien traverser la rue, j'ai immédiatement essayé de le rattraper, bousculant Angélique qui, le découvrant de l'autre côté du trottoir, a fermé d'un coup son portable. Elle avait beau l'appeler, il courait si vite qu'il nous a fallu plus d'un quart d'heure pour le récupérer. Un quart d'heure éprouvant pour moi, obligée de mettre ma main sur mon sexe pour que ma clé ne tombe pas.

Croyant qu'on voulait jouer avec lui, le chien s'est caché sous une montagne de gravats à l'entrée d'un chantier. En se contorsionnant pour attraper la laisse,

Angélique a déchiré sa robe. Je me suis confondue en excuses, ravie d'avoir torpillé son rendez-vous.

– Je dois partir, mon père a une angine. Il faut que je cherche une pharmacie ouverte.

– Bien sûr.

– Au revoir, Lily. J'espère que vous allez retrouver votre clé.

– Ne vous inquiétez pas. Au pire, le gardien a un double.

Je l'ai regardée partir, si légère malgré sa robe ruinée. J'avais l'impression que ses pieds ne touchaient pas le sol, comme si le dessin de Mucha s'était échappé de la camionnette de mon mari.

Est-ce que c'était lui qui l'avait appelée, et qu'elle avait fait passer pour son père ?

Je suis allée chez un traiteur, et je nous ai acheté un petit dîner de consolation.

*

Quand je suis rentrée à la maison, Arthur était là.

– D'où tu viens ? m'a-t-il demandé, l'air contrarié.

– J'ai emmené ma mère chez le dermato, et après je ne trouvais plus ma clé. Tu n'avais pas rendez-vous avec ton comptable ?

– C'est reporté. Il a une angine.

Je n'ai pu m'empêcher de grommeler :

– Tout le monde a une angine en ce moment. On va fêter ça, nous qui n'en avons pas. Parce qu'avec le temps on finit par obtenir ce qu'on attend.

– Lily, tu es sûre que ça va ?

– Très bien. Et toi ? Saumon, tarama, blinis et harengs au curry. Et je t'ai pris une bouteille de l'aquavit que tu adores.

– Merci, mais…

J'ai bien vu à son regard qu'il était perturbé. Il avait dû attendre sa Mucha une demi-heure avant qu'elle le décommande et, déçu, il ne lui restait plus qu'à rentrer au bercail.

Un peu sadique, j'ai retourné le couteau dans la plaie avec un sourire suave :

– Tu vois, quelque chose me disait que ton rendez-vous n'aurait pas lieu.

J'ai soulevé ma robe, en essayant de prendre la voix de la Mucha :

– D'ailleurs, j'ai mis mon string.

Il m'a fixée avec une intensité que je ne lui connaissais pas, puis il m'a prise dans ses bras et, pendant un court instant, j'ai cru qu'il allait me jeter sur la table, et me baiser sauvagement pour compenser l'annulation de son rendez-vous. Mais il a pris un ton paternel pour me dire :

– Moi aussi, je t'ai fait une surprise. Habille-toi, j'ai

réservé chez le chinois d'à côté. On garde le saumon pour demain, il faut que je te parle.

Mon cœur s'est accéléré. Qu'allait-il m'annoncer ? Qu'il avait une liaison, qu'il allait y mettre fin ou bien me quitter ?

Il est allé me chercher une veste dans le placard. En revenant, il me l'a mise, tout en douceur. La mine déconfite et sur un ton tragique, il m'a dit :

– Écoute, Lily, tu sens bien que quelque chose ne tourne plus rond. Je voulais te préserver, mais j'ai failli mettre la clé sous la porte. Tout est de ma faute, je suis nul en chiffres. On est passés à deux doigts du dépôt de bilan. Grâce à Éric, le comptable que tu connais, je m'en suis sorti de justesse.

Partagée entre la déception, le soulagement et l'inquiétude, j'ai bredouillé :

– Je ne l'ai vu que deux fois, je croyais qu'il était juste là pour les impôts. Mais pourquoi tu ne m'as rien dit ? On est ensemble pour le meilleur et pour… le reste.

Il a continué à débiter ses phrases, comme si je n'avais pas parlé.

– Je sais que je n'ai pas toujours été agréable, mais l'année a été difficile, je me suis planté sur les stocks, les prévisions, les échéances, et puis on est fatigués, tous les deux, alors, ce soir, tu ne fais rien, d'accord ?

Justifier son dépit amoureux de vingt heures par

des soucis de gestion, j'ai trouvé ça mesquin. Touchant, aussi. J'ai failli lui dire : moi, je ne suis pas fatiguée, je n'ai pas de Mucha qui m'épuise. La seule chose qui me faisait souffrir, c'est que je le sentais malheureux là, à l'instant, à cause d'elle. Alors, je me suis blottie contre lui, tout simplement parce que j'aimais cet homme, et que je ne supporterais pas qu'une étrangère lui fasse du mal. Et c'est cette énergie qui émanait de nous, quand nous étions serrés l'un contre l'autre, qui m'a donné l'envie furieuse de sauver notre couple, quitte à faire une connerie.

Pour le remercier de cette force nouvelle qu'il me donnait, j'ai déboutonné son pantalon, et à ma grande surprise, il s'est laissé faire.

Ensuite, j'ai mis mon dîner au frigo et nous sommes allés au chinois. Tout s'est bien passé, le temps des nems et des crevettes sauce aigre-douce. Il m'expliquait des choses que je ne comprenais pas, du crédit d'impôt et des reports de trésorerie pour ne plus être étranglés par nos fournisseurs de Rungis, mais il le faisait avec ardeur et passion, comme s'il mettait tout en œuvre pour qu'on retrouve notre vie d'avant. Je me disais que ma pipe l'avait regonflé.

Mais ensuite, en attendant les canards laqués, il est allé aux toilettes et là, chose dont je ne me serais jamais crue capable, j'ai consulté sa messagerie pour en avoir le cœur net. Le dernier texto du soir provenait d'un numéro anonyme et disait :

Désolée de devoir reporter le rendez-vous, mon père a une angine. Bonne soirée.

J'ai remis le portable à gauche de son assiette. J'étais fixée, inutile de remonter plus loin. C'était curieux, ma réaction. Je me sentais vexée, pas d'être prise pour une petite dinde, mais de ne même pas servir d'alibi. Au lieu de « Mon père a une angine », elle aurait pu écrire « Ta femme a déchiré ma robe ». Je n'étais même pas un sujet de conversation entre eux. Je n'existais pas.

Ma décision était prise. Quand il s'est rassis en face de moi, je lui ai dit que j'étais rassurée sur notre avenir, et que tout irait bien à nouveau.

J'ai patiemment attendu mardi, le jour de promenade de Charly. Comme un heureux hasard, un signe d'encouragement, mon mari est allé en métro chez son comptable. Au volant de la camionnette, du bout de notre rue, je guette attentivement l'arrivée de la Mucha. Il pleut à torrents, ce qui accroît ma vigilance. Je regarde ma montre. Elle va bientôt arriver, elle est si précise. Mais aujourd'hui, elle sera en retard. Définitivement.

La voilà. Même de loin, sous son grand parapluie blanc, on ne voit qu'elle. Pas de chien en laisse : Charly est le premier qu'elle vient chercher. Ça m'enlève un poids. Il n'y aura pas de victime collatérale. Ni de témoins, vu les trombes d'eau qui font courir les rares passants, imper relevé, regard au sol. Et même, la chaussée est tellement inondée que tout le monde comprendra que j'aie perdu le contrôle. Calmement, je mets le moteur en marche, je roule vers le croisement où elle va traverser, et j'accélère d'un coup. Mais au dernier moment, à deux mètres d'elle, un relent de conscience, un nœud dans le ventre. Je freine si fort que mon front percute le pare-brise.

– Mais pourquoi tu n'avais pas mis ta ceinture ?

Mon mari a une voix catastrophée. Il me tient la main. J'ouvre les yeux, et j'ai l'impression de vivre un cauchemar en voyant la Mucha assise à côté de lui sur le matelas. Leurs jambes se touchent. La première chose que je me dis : « Ils ne vont tout de même pas baiser sur mon lit d'hôpital ? »

Mais elle se lève pour s'asseoir de l'autre côté. Délicatement, elle s'empare de mon autre main.

– Vous avez eu beaucoup de chance, Lily. Quelques vilains hématomes, un petit coup du lapin et une double entorse genou-cheville.

J'acquiesce d'un grognement. Une veine de cocue.

Elle enchaîne :

– Vous avez dû freiner si fort, tout est de ma faute. Je ne regardais pas en traversant, j'étais ailleurs. Mais je m'occuperai de vous pendant votre convalescence. C'est la moindre des choses.

C'est ça. Elle me promènera, moi aussi. Elle attachera ses laisses à mon fauteuil roulant, ça fera des chiens de traîneau.

Elle s'est tournée vers mon mari, et, les yeux humides, elle a murmuré de sa voix promotionnelle :

– Il pleuvait si fort, Arthur, elle m'a sauvé la vie, j'aurais pu finir sous ses roues, je ne sais pas comment la remercier.

– En étant là, tout simplement. C'est vrai que vous ne vous connaissiez pas, toutes les deux.

J'ai crispé les orteils de mon pied valide. Allait-elle lui parler de Vincent, de ma venue à sa fête ? Manquerait plus qu'il m'imagine une liaison pour s'enlever les remords de la sienne. Mais je l'ai entendue répondre, avec une naïveté merveilleusement feinte – ou pas :

– Non, on s'était juste croisées mais maintenant, c'est pour la vie, n'est-ce pas, Lily ?

J'ai murmuré :

– Super.

La porte de ma chambre s'est ouverte, j'ai d'abord aperçu un grand paquet bleu puis Éric, le comptable de mon mari. La Mucha s'est levée d'un bond en s'exclamant :

– Papa !

L'air timide et embarrassé, il s'est approché de moi en disant d'une voix de montagnes russes :

– Je ne vous embrasse pas, Lily, je ne voudrais pas vous passer mes miasmes. Merci, merci d'avoir sauvé ma fille.

Ah d'accord. Le coup de l'angine n'était pas une coïncidence : Arthur se tapait la fille de son comptable. Éric était-il au courant ? Devais-je me sentir ridicule face à ces trois personnes ? Je l'ai observé attentivement, et, à sa façon protectrice de prendre sa fille dans ses bras en félicitant son client pour ma présence d'esprit et mon coup de frein, j'en ai déduit qu'il ignorait tout de leur liaison. La lettre d'amour que je l'avais vue donner à Arthur, au magasin, était peut-être juste un document comptable qu'il l'avait chargée de remettre en main propre. On se rassure comme on peut.

Il a posé le paquet sur une chaise :

– Je vous ai apporté un puzzle. Je me suis dit : elle va être en convalescence, ça la distraira. Ma fille adore ça. Elle est très patiente. Et vous ?

Je n'ai pu m'empêcher de sourire :

– Je m'entraîne, Éric. Je me dis qu'avec le temps on finit par obtenir ce qu'on attend.

Arthur a conclu :

– En tout cas, je constate que ta mémoire est intacte. Ça me rassure.

– Y a pas de quoi, ai-je répondu malgré moi.

Angélique m'a caressé la main :

– Je serai là pour vous aider à rassembler tous les éléments du puzzle.

Je me suis demandé si elle parlait au second degré, mais elle a enchaîné :

– C'est un trois mille pièces.

Et elle a claqué sa langue contre son palais. Tic très curieux pour une jeune femme si éthérée. J'ai remercié en bâillant son père pour le gentil cadeau, et j'ai fait semblant de m'endormir. À travers mes paupières mi-closes, je les ai vus se diriger vers la porte. Angélique s'est tournée vers mon mari :

– Vous devriez lui acheter un petit chien, Arthur, je suis sûre que ça lui ferait plaisir.

Je n'ai pas entendu sa réponse, la porte s'était refermée avant.

Un puzzle, un chien, et pourquoi pas un divorce à consentement mutuel ?

Quelques instants plus tard, une infirmière est entrée, souriante, pour prendre ma tension. Après quelques banalités d'usage, tout en pressant la pompe, elle m'a glissé d'un ton de respect :

– Votre amie m'a dit qu'elle vous doit la vie.

– Mon amie ?

– La jeune femme qui est partie avec votre mari. Ne vous inquiétez pas, après un tel choc psychologique, on est souvent déphasé. 12-8, c'est parfait, petite héroïne. Je pense que le médecin vous laissera sortir demain. Bonne nouvelle, non ?

– Je ne sais pas encore.

Elle m'a regardée, l'air surprise, puis, avant de repartir, elle m'a touché le visage :

– Avec une frange, on ne verra pas les hématomes sur le front. Et dans un mois, vous pourrez vous débrouiller seule, ne vous inquiétez pas.

Un mois. Un mois avec la Mucha, dans mon appartement. L'horreur absolue. J'avais besoin de me confier à quelqu'un, mais à qui ? Mon unique copine était partie vivre dans une ferme au Canada avec son mari et ses quatre enfants. Mais aurais-je eu le courage de tout lui dire ? Elle qui enviait tant mon bonheur en vase clos sans gosses et sans bétail… Pour elle, au moins, j'étais une référence, une nostalgie ; je n'allais pas l'en priver. J'ai pris mon portable, fait défiler tous les numéros, et j'ai eu la pénible sensation d'être seule au milieu de tous ces contacts inutiles.

Un mois de minerve pour les cervicales, d'attelle au genou et à la cheville. Bouger le moins possible, dormir à plat, et ne pas trop rire – de ce côté-là, je n'aurais pas de mal à suivre la prescription.

En arrivant à la maison, clopinant tant bien que mal avec ma béquille, aidée par Arthur, j'ai vaguement entendu une voix de femme, et j'ai craint le pire. Était-ce la Mucha qui s'était installée chez nous, pour m'aider dans ma convalescence après avoir passé la nuit ici – en repérage ?

Non, c'était ma mère qui appelait Darty pour dire que mon frigo n'était pas assez froid. Elle a embrassé mon mari, puis elle s'est penchée vers moi, souriante et l'air doux. Pendant quelques secondes, j'ai imaginé que cette femme avait de la sensibilité finalement, et que, peut-être, j'avais tort de l'enfermer dans mes griefs d'enfance. Et je m'en suis voulu de la brutalité avec laquelle je lui avais parlé en sortant de chez le dermato. Mais cet instant fut bref.

– Eh bien ! tu m'en fais des émotions, avec mon pauvre cœur.

Elle ne m'a pas embrassée, elle ne m'a pas prise dans ses bras, mais, par contre, elle a tapoté ma béquille, comme si c'était ma jambe. Puis, perchée sur ses hauts talons, elle a détaillé avec une compassion ostentatoire mon front couvert de bleus. Et d'une voix mielleuse, elle a débité :

– Arthur m'a laissé quatre messages pendant mon bridge, j'étais affolée lorsqu'il m'a annoncé ton accident, mais il m'a rassurée : rien de grave. Enfin, quand je vois ton front, ce n'est vraiment pas beau, ma pauvre chérie, et pour le reste, ce sera long, mais je sais que tu as de la volonté. Tu ne souffres pas trop ?

J'ai esquissé un sourire, en lui citant l'expression qu'elle me balançait, gamine, chaque fois que j'étais malade :

– Je me soigne au sulfate de mépris.

Mais elle avait déjà pris le bras de son gendre :

– Courage, je pense que dans quelques mois, vous retrouverez votre femme sans séquelles ni cicatrices, enfin je l'espère, et le pied ferme. En attendant sa remise en route que j'espère la plus rapide possible, je vous ai fait les courses. J'ai même préparé mon plat que vous aimez tant : l'épaule d'agneau. Et ne vous inquiétez pas, je suis là. Discrète, comme d'habitude.

– Merci, vous êtes un ange.

– C'est tout à fait normal. C'est ma fille. Ma pauvre petite Lily.

Du bout de l'index, elle a feint d'essuyer une larme. C'était rarissime qu'elle prononce mon prénom. Elle m'avait baptisée ainsi par rapport à elle-même, pour cultiver sa vague ressemblance avec Marlène Dietrich. Ce qui lui permettait, chaque fois qu'elle présentait son bébé, de chanter « *Wie einst Lili Marleen* ». Le « Y » était une décision de mon père, quand il m'avait déclarée à l'état civil. Comme référence de chanson, il préférait *Lily* de Pierre Perret. Elle ne lui avait jamais pardonné.

– Excusez-moi, mon Arthur, je suis tellement sensible.

Mon mari l'a prise dans ses bras et elle a soupiré, le dos vibrant. J'ai cru qu'elle allait sangloter, mais non. Le Rimmel qui coule, ce n'est pas très flatteur.

Pendant cette parenthèse édifiante, j'ai enfin pu m'asseoir, difficilement, sans que personne le remarque, abasourdie par cette façon qu'elle avait de se rendre admirable dans n'importe quelle situation, pourvu qu'il y ait du public.

– J'aimerais bien un verre d'eau, s'il vous plaît, ai-je demandé sèchement pour me rappeler à leur souvenir.

Arthur s'est précipité dans la cuisine. Elle s'est tournée vers moi en levant les yeux au plafond :

– Tu n'es tout de même pas jalouse que je nourrisse ton mari ? Quand j'ouvre ton frigo, ma pauvre chérie, je me demande comment tu arrives à le garder.

J'ai répondu à voix basse :

– Sors de chez nous.

Comme si elle n'avait pas entendu, elle m'a tapoté le poignet avec mansuétude :

– Tu vois, si tu étais morte dans cet accident, la dernière chose que tu m'aurais dite, c'est : « Tu m'emmerdes. » Heureusement, le bon Dieu t'a épargnée.

– Pour que je te demande pardon, d'accord. Fous le camp.

Je n'en revenais pas de mon audace tranquille. Elle a accusé réception avec un soupir résigné :

– Tu es encore sous le choc, c'est normal.

Arthur est revenu, m'a donné le verre :

– Tiens, ma chérie.

Sophie a repris son grand sac, mis ses lunettes de soleil, s'est tournée vers mon mari :

– Je ne veux pas que le gardien s'aperçoive que je pleure, quand je vais lui rendre la clé.

– Vous êtes magnifique, ne vous inquiétez pas. Mais vous pouvez la garder, si vous voulez.

Elle a minaudé :

– C'est gentil, mais je ne voudrais pas risquer de devenir une *persona non grata.* Je ne me permettrais jamais d'entrer chez vous sans vous avoir prévenu. Et malheureusement, l'accident de ma fille tombe très mal : je dois partir en croisière demain. J'ai réservé sur un coup de tête, la semaine dernière, en sortant de chez mon médecin : j'étais si déprimée que je suis entrée dans la première agence de voyages. Non, non, ne vous inquiétez pas, le pire n'est pas certain, je dois refaire des examens, mais impossible d'annuler : j'ai prépayé. Vous savez, ces croisières pour femmes seules, les conditions sont avantageuses, mais il n'y a aucune assurance annulation.

– Pas de souci, je suis là, Sophie. Essayez de profiter.

– Vous êtes gentil. Vous me comprenez, vous.

Moi aussi. Et je ne pouvais m'empêcher d'admirer sa parade : elle venait de s'inventer une obligation pour ne pas laisser croire qu'elle obéissait à mon ordonnance d'éloignement. C'est en sortant d'ici, j'en étais sûre, qu'elle allait s'inscrire à une croisière.

Il l'a raccompagnée à la porte, elle l'a embrassé sur la joue, près de l'oreille, en me regardant, et j'ai reconnu ce regard, ce regard d'aigle femelle qu'elle me lançait petite fille, ce regard qui me dissuadait de grandir pour éviter la concurrence. Elle avait tellement peur que je diminue son rayonnement qu'elle m'avait laissée croupir dans son ombre. « Reste à ta place » était le seul code moral qu'elle m'avait enseigné. Elle portait mon adolescence comme une croix et moi, pétrifiée de complexes, je m'excusais d'exister.

Mais c'était fini. La trahison d'Arthur avait au moins ce mérite : je ne me laisserais plus dessécher par cette sangsue. Bonne croisière, maman.

Mon mari est revenu, hochant la tête, l'air perplexe :

– Quelle femme merveilleuse, si belle, tellement dévouée, je ne comprends pas qu'elle soit seule.

J'ai juste murmuré :

– Moi si.

Depuis une semaine que je suis rentrée, je ne maîtrise plus ma vie. La Mucha est là, toute la journée à réviser ses cours du musée du Louvre entre deux séances de puzzle, mais, la nuit, Arthur dort à côté de moi. Je le sais, parce que je ne ferme pas les yeux. Je me rattrape dans la journée à coups de microsiestes.

Pas de nouvelles de la croisiériste. Rien de tel que de larguer les amarres pour couper le cordon. Vincent, lui, m'a apporté des fleurs de chez mon mari. Ma belle-mère, rassurée de voir son fils reprendre goût à la vie et à son mariage, est exquise, comme d'habitude. C'est vrai qu'Arthur fait des efforts. J'ai même eu droit à un petit chien bâtard, ramené de la SPA, qu'ils ont appelé Anatole et que la Mucha sort tous les jours. Mon mari a réceptionné sa stagiaire. Je me demande à quoi elle ressemble.

*

Ce matin, j'étais assise à côté de la Mucha, devant le grand puzzle de trois mille pièces qu'Arthur avait posé sur une table à tréteaux, achetée exprès pour me faire plaisir, et j'ai eu une sensation étrange. J'essayais vainement de trouver un coin de ciel emboîtable, quand Angélique a pris ma main d'une drôle de façon – je dirais que je l'ai ressenti comme une caresse. Et elle l'a dirigée vers l'endroit précis où il fallait mettre la pièce. Je l'ai regardée, elle m'a souri, puis elle m'a dit :

– On ne voit jamais ce qui est évident. On contourne, alors que tout peut être si simple. Vous ne trouvez pas ?

– Tout à fait. Mais la psychologie du puzzle, c'est nouveau pour moi, je n'ai pas l'habitude.

– Vous verrez, on prend vite le pli.

Avec une grande concentration, comme si rien ne s'était passé, elle a continué à trier méticuleusement les pièces, selon les couleurs. Et là, je me suis demandé si je n'étais pas, encore une fois, en train de fabuler sur quelque chose qui n'existait pas.

J'ai repensé à Vincent, dans l'ascenseur où j'avais peut-être mal interprété son regard, quand je m'étais agenouillée pour caresser son chien. J'ai repensé à mon mari qui n'avait peut-être pas de liaison mais un sosie dans le quartier, que le boucher avait pris pour lui. Et j'ai repensé à mon père qui ne s'était sans doute jamais caché derrière un marronnier pour m'observer dans la cour du pensionnat. Si j'avais tant besoin de me raconter des histoires, c'est que je n'avais jamais osé bousculer la réalité. Jusqu'au jour où j'avais décidé d'écrabouiller la Mucha.

J'ai dit :

– Je crois que je vais m'allonger un peu, avant le dîner.

Mon ex-future victime m'a aidée à me lever, et nous nous sommes dirigées vers la chambre. Elle me tenait par la taille et, en m'asseyant, elle a frôlé mes petits seins, comme si de rien n'était. Je n'ai pas dit un mot.

– Je ferme un peu le volet, ou vous préférez la lumière ?

J'ai eu un sursaut de frayeur, en pensant qu'elle allait s'allonger à côté de moi.

– La lumière, la lumière, ai-je répondu, fébrile.

Elle m'a dévisagée et, en claquant la langue, m'a susurré d'une voix un peu rauque :

– J'aurais parié le contraire, Lily. Je vais préparer le repas.

Je l'ai regardée sortir en se retournant deux fois. Peut-être que je m'imagine des choses, mais je ne suis pas la seule. Elle croit que je suis intéressée par elle, alors que je ne songe, le cas échéant, qu'à la chiper à mon mari. Du moins, à m'inviter dans leur histoire. À exister entre eux.

Nous avons dîné tous les trois. Au dessert, j'ai pris une longue inspiration avant de demander à Angélique :

– Vous avez remarqué que la femme sur la camionnette de mon mari vous ressemble ?

Ils ont éclaté de rire tous les deux, et j'ai eu un doute de plus sur leur relation. Est-ce qu'ils jouaient avec mes nerfs, mes soupçons, est-ce qu'ils me manipulaient ? Ou était-ce encore mon imagination qui partait en roue libre ?

Elle a répondu immédiatement en me prenant la main, comme pour me rassurer :

– Mon père a une passion pour Mucha, à cause de ma mère qui ressemblait beaucoup à ses jeunes modèles. Il a montré à Arthur une de ses lithos, et lui a conseillé d'en faire l'emblème de son magasin, pour attirer les hommes. Mais lui, quand il regarde la camionnette, c'est maman qu'il voit.

En quelques mots, elle avait réussi à démanteler

tout le puzzle intérieur que j'avais eu tant de mal à assembler. Tout paraissait si simple. Est-ce pour entretenir la mémoire de mon père que j'avais eu besoin de me persuader que mon mari avait une liaison ? La nostalgie d'Angélique me serrait le cœur. J'ai néanmoins réussi à lui dire :

– Vous lui ressemblez beaucoup, en tout cas.

– Merci. Elle est décédée, j'avais treize ans. Cancer. Boum. La vie s'arrête. Ceux qui restent essaient de continuer tant bien que mal. Mais papa ne s'est jamais remarié. Trop de passion dans ce couple. Impossible pour lui de refaire les mêmes gestes, de dire les mêmes mots. Il s'est réfugié dans les chiffres. Mais maintenant, il est apaisé, et puis je l'aime, ça compte aussi pour refaire surface.

Elle a retiré sa main que j'avais serrée malgré moi. Arthur a juste hoché la tête, comme pour clore ce chapitre. Avec sa camionnette, il n'affichait pas sa fascination pour une maîtresse, il perpétuait un souvenir. J'étais vraiment stupide. Ou alors ils me roulaient dans la farine avec une habileté diabolique.

Je les ai regardés débarrasser la table, essayant malgré moi de percevoir une trace de connivence, mais je n'en voyais pas. J'arrêtais même de respirer quand ils étaient dans la cuisine, pour entendre le moindre bruissement de caresse ou de baiser, mais là non plus il n'y avait rien. Je n'arrivais même plus à imaginer quoi que ce soit.

Elle m'a embrassée avant de partir, en me disant à l'oreille :

– Merci de votre compréhension. J'adore votre odeur.

Je ne voyais pas le rapport, mais ça m'a fait bizarre. Je l'ai regardée embrasser très amicalement mon mari. Puis elle s'est retournée vers moi :

– Demain, je serai là à quatorze heures. J'ai cours le matin.

J'ai dit :

– Au Louvre ?

– Oui. Bonne soirée.

Mon mari a refermé la porte derrière elle et s'est retourné vers moi, étonné.

– Qu'est-ce qu'elle va faire au Louvre ?

– Elle veut devenir guide. Tu ne savais pas ?

Il a eu l'air décontenancé, presque vexé.

– Non, je croyais qu'elle faisait des études de vétérinaire, comme sa mère. Enfin, c'est ce que m'a dit Éric.

Je me suis entendue répondre :

– Toutes les femmes ont leur part de mystère.

Il a grommelé, un peu mal à l'aise :

– Je vois que vous êtes devenues intimes.

J'ai senti une bouffée de plaisir joyeux. J'adorais qu'il ait des soupçons. J'ai glissé d'un ton biaiseur :

– Tu sais, on est toute la journée ensemble, cela nous arrive de parler, mon chéri.

– Et vous parlez de quoi d'autre ?

– De tout et de rien.

– De moi ?

J'ai laissé passer trois secondes, par pur sadisme.

– Ça nous arrive.

– Des secrets de femmes, c'est ça, a-t-il traduit, tout en m'aidant à me diriger vers la salle de bains.

Il s'est déshabillé, j'ai retiré mes accessoires, ma robe, et il a pris la direction de la douche.

– Tu penses qu'on pourra bientôt faire l'amour ? Une petite gâterie peut-être ? a-t-il claironné sous le jet.

– Une pipe, tu veux dire. Avec plaisir, dès qu'on m'enlèvera ma minerve.

Et voilà, ça lui manquait. Il n'avait donc pas de liaison, ou alors, il donnait le change. Mais quelle pièce à conviction me restait-il contre Angélique ? Elle ressemblait à la peinture de la camionnette – maintenant je savais pourquoi – et j'avais vu Arthur lui offrir une rose à la boutique – c'était peut-être juste en tant que fille du comptable qui allait sauver notre magasin. Cela dit, j'avais bien vu comme Angélique l'attirait. S'il s'interdisait de nouer une relation avec elle pour ne pas mécontenter le redresseur de ses finances, rien ne l'empêchait de reporter ses pulsions sur une autre, le temps que je redevienne opérationnelle. Il faudra que je demande à Angélique de me faire marcher jusqu'au magasin, histoire de voir le profil de la stagiaire.

– Demain, je vais à Rungis, ça ne t'ennuie pas de rester seule, le matin ?

– Non, mon chéri, ça ira. La stagiaire s'en sort bien, quand tu n'es pas là ? ai-je ajouté en retirant mon soutien-gorge.

– Elle est parfaite, les clients l'apprécient beaucoup.

Eh oui, on est si facilement remplaçable… J'ai regardé mon visage pâle, mon front boursouflé dans le miroir, et machinalement j'ai claqué la langue, comme le fait Angélique. Arthur a pris son peignoir, sans même remarquer mes seins qui pointaient.

– Je t'aide pour la douche ?

Il aurait dit « vaisselle » à la place de « douche », ç'aurait été le même ton. J'ai répondu non, je lui ai demandé de me laisser seule. J'ai pris les ciseaux dans le tiroir, et je me suis fait une frange. Comme elle était tout en biais, j'ai commencé à couper les côtés, puis, dans un élan incontrôlé, j'ai littéralement massacré le reste. Mes si beaux cheveux – la seule de mes qualités qu'avait jamais vantée ma mère.

Je me suis regardée dans la glace, et je me suis dit

que, pour tenir moralement, j'en étais réduite au string minimum. Je l'ai ôté avec un sourire doux-amer. Finalement, cette ficelle qui me rentrait dans les fesses me tenait compagnie, je m'y étais habituée, je me sentais moins seule. Et puis, ce n'était pas si désagréable de devenir une autre femme. En fin de compte, c'était grâce à la bévue d'un boucher, un jour de boudin, que j'étais peut-être en train de découvrir ma vraie nature.

Le lendemain après-midi, j'ai demandé à Angélique de m'accompagner jusqu'à la boutique. En sortant de l'immeuble, j'ai pris son bras pour me sentir en sécurité. De l'autre main, elle tenait la laisse d'Anatole.

– J'aime bien votre nouvelle coiffure, ébouriffée mais sexy, malgré tout.

– C'était le but.

– Vous avez l'air tendue, m'a-t-elle soufflé à l'oreille, vous avez mal, en marchant ? On peut rentrer si vous voulez.

– Non, non, tout va bien. Le magasin me manque. Un peu d'appréhension, c'est tout. Et Anatole a l'air content de se promener.

Ce n'est pas le magasin qui me manquait, et j'en étais la première étonnée. J'avais juste envie de rencontrer la stagiaire.

Je ne m'étais pas trompée. La jeune fille était dehors en train de soulever avec une force impressionnante un énorme thuya. Sa jupe en jean ras des fesses, ses petites bottines orange assorties à ses cheveux coupés à la garçonne lui donnaient un air à se faire sauter derrière les glaïeuls. Elle nous a souri avant de coucher la plante à l'arrière d'un break. Très gracieuse, elle est venue vers nous :

– Bonjour, vous désirez ?

Angélique a lâché mon bras pour me laisser l'initiative, et s'est dirigée vers les fleurs. La jeune fille, d'une voix gouailleuse, m'a demandé :

– Je peux vous aider, madame ?

Rien qu'à la manière dont elle prononçait le mot *madame*, j'avais la nette impression d'être passée à la trappe. Mais il est vrai qu'avec ma béquille et ma minerve, je ne pouvais inspirer que de la compassion. J'ai eu soudain un besoin urgent de me présenter.

– Bonjour, je suis la femme d'Arthur.

– Ah, d'accord ! Il m'a tellement parlé de vous. Surtout de vos yeux : il dit qu'y en a pas deux comme vous pour avoir l'œil à tout. J'essaye moi aussi, mine de rien, pour éviter la fauche. Les gens se méfient pas, parce que je porte des lentilles vertes. Oui, on dit « les blondes », mais les rousses aux yeux verts, ça passe pareil pour des quiches. C'est un avantage dans le commerce, vous le savez mieux que moi.

Je me suis dit que celle-ci, elle irait loin. Où, je ne sais pas, mais vite.

– Mon mari n'est pas là ?

– Il fait une livraison.

Elle m'a détaillée avec une petite moue :

– Vous vous êtes pas ratée, dites donc.

J'allais lui répondre, mais un client lui a demandé si les orchidées préféraient l'ombre ou le soleil, comme si elle était là depuis toujours, et je me suis sentie une étrangère dans ma boutique. D'ailleurs, elle m'avait déjà oubliée. En suivant le regard de l'homme sur son corps, je me suis dit qu'elle devait être moins appréciée des clientes.

Je suis allée m'asseoir à l'intérieur. J'ai observé la stagiaire en grande conversation avec Angélique, et je l'ai même entendue rire. Est-ce que mon mari riait autant avec elle, tout en la matant du coin de l'œil ?

Angélique est revenue vers moi et a posé sur mes genoux un bouquet blanc, mélange de freesias et de renoncules.

– Vous n'avez pas payé, j'espère, dans mon propre magasin ?

Elle a souri.

– D'abord, on dit merci, et ensuite on apprécie. Bien sûr que j'ai payé, avec le mal que se donne mon père pour redresser vos comptes ! On va rentrer. Vous vouliez voir la stagiaire, vous l'avez vue.

J'ai tenté de donner le change :

– Non, le magasin me manquait…

Imperturbable, Angélique a enchaîné :

– Très efficace. Le genre de fille qui ne se contentera pas de faire carrière dans un petit magasin de quartier. D'accord ?

– Si vous le dites.

– J'ai un peu discuté avec elle. Son rêve, c'est de voyager en hélicoptère. Je pense qu'elle cherche l'heureux propriétaire, ça vous rassure ? Les fleuristes, ça ne rentre pas dans son tableau de chasse.

Quand elle m'a aidée à me relever de ma chaise, la stagiaire s'est précipitée vers nous et, dans un élan faussement enjoué, elle s'est jetée sur moi en me disant :

– Allez, à bientôt, et reposez-vous bien. Je vous embrasse.

J'ai laissé faire.

Angélique m'a glissé en sortant :

– Et voilà ! Spontanée, prévenante et si enthousiaste, c'est ce qui plaît aux mecs, quand les filles sont jeunes. Après, j'ai remarqué qu'ils trouvent ça ridicule. Ne vous en faites pas, elle montera dans un hélicoptère avant qu'on ait fini notre puzzle.

Pendant qu'Angélique disposait les fleurs dans un vase, on a sonné à la porte. Quatre petits coups brefs. Comme la Neuvième de Beethoven. Elle est allée ouvrir. Toute bronzée, la croisiériste l'a détaillée avec son fameux sourire spécial-inconnus, démenti par la froideur aux aguets de son regard.

– Bonjour, mademoiselle, je suis sa maman. Je n'ai jamais eu le plaisir de vous rencontrer.

Sans attendre de réponse, elle s'est tournée vers moi, avec l'air extasié d'une bergère qui aurait vu la Vierge :

– Mon Dieu, comme tu as vite cicatrisé ! Un vrai miracle. Ah ! il faut toujours que tu sois la première en tout.

Et, sur ce petit ton guilleret qui enrobait si bien ses perfidies, elle a pris Angélique à témoin en inventant que, lorsque j'étais petite, je ne choisissais pour amies que des laiderons, afin de me mettre en valeur.

– On la comprend, lui a répondu la Mucha sur le même ton. Avec une maman aussi distinguée.

L'autre n'y a vu qu'un compliment, qu'elle a balayé d'un petit gloussement modeste en posant un Tupperware sur la table :

– Je suis passée vous apporter mon sauté d'agneau, ça vous changera de l'épaule. Il faut que tu te nourrisses, ma chérie, surtout en période de convalescence. Je comptais le laisser sur le paillasson, mais comme tu es là, je profite un peu de toi. Quel calvaire, cette croisière. Un vrai congrès de veuves et de vieux gays. Les paysages sont beaux, mais bon, je me faisais tellement de souci pour toi, ça m'a gâché la Grèce.

J'ai failli m'excuser. L'habitude. Apparemment, elle croyait que huit jours d'absence l'avaient rendue *persona* à nouveau *grata*.

Elle a reniflé les renoncules et les freesias en minaudant :

– Son mari la gâte, depuis toujours. Elle a beaucoup de chance, vous savez. Malheureusement, je ne la vois pas assez. Peut-être parce qu'elle n'a pas d'enfant : elle ne sait pas ce que peut ressentir une maman qui vit toute seule.

J'ai réussi à dire avec une agressivité contenue :

– Non, les fleurs c'est Angélique. Pour le reste, tu as raison, j'ai une vie de rêve.

– Eh bien, ça me console, ma chérie. Et puis notre Arthur est si affectueux avec moi.

Elle n'avait pas encore parlé de mes cheveux, et je m'attendais au pire.

Angélique lui souriait. Était-elle dupe, comme les autres, de cette mère qui ne l'était qu'en public ? Elle lui a demandé si elle pouvait lui offrir quelque chose à boire. Sophie s'est assise immédiatement :

– Vous êtes gentille, ça se voit tout de suite.

J'ai respiré profondément pour ne pas lui balancer ma béquille dans la gueule. Belle, gentille, et moi, toujours le vilain petit canard qui s'efforce en vain d'être premier en tout. Pour me calmer, j'ai crié à Angélique qui cherchait des verres dans la cuisine :

– Prenez une bouteille de chardonnay, dans le placard, à droite. Elle adore ça.

– Tu vouvoies ton amie ?

– Tu peux me dire bonjour, au lieu de balancer tes vacheries.

– C'est tout de même bizarre, ce vouvoiement. Bonjour. Je ne te demande pas si je t'ai manqué. Enfin, j'espère que ces quelques jours d'absence t'ont remis du plomb dans l'aile.

Angélique est revenue au moment où j'allais lui faire remarquer son lapsus révélateur. Pendant qu'elle posait la bouteille et les verres sur la table, je n'ai pas pu m'empêcher de glisser un œil dans l'échancrure de son chemisier. Ça me faisait du bien, de sentir tout près de moi une vraie féminité neutraliser les perfidies de cette femelle. Laquelle, d'office, s'est emparée du tire-bouchon :

– Quand on est seule, on doit savoir tout faire, a-t-elle murmuré avec une résignation altière.

– Mon père vit seul, lui aussi, a dit Angélique.

– Ah, c'est pour ça ! Je sentais que nous avions un vrai feeling, toutes les deux.

Elle s'est tournée vers moi :

– Je ne te le souhaite pas, mais si cela t'arrive un jour, tu comprendras ce que c'est, la solitude, la vraie.

Et elle a ajouté, en fixant Angélique :

– N'est-ce pas, mademoiselle ?

– C'est sûr. Mais il n'y a pas de raison : Arthur aime sa femme et il se porte très bien, a-t-elle répondu d'un ton catégorique.

Touchée qu'elle prenne ma défense, j'ai caressé Anatole qui était monté près de moi.

– Ah ! non, pas sur le canapé ! a crié ma mère. Descends !

C'est vrai qu'elle n'aime pas les bêtes non plus.

J'ai juste dit :

– Il est chez lui, et je lui ai permis.

Elle a fixé Anatole, puis dans un grand éclat de rire, elle m'a balancé :

– Tu lui ressembles, tiens, avec ta nouvelle coupe de cheveux.

– Chacun choisit son modèle, ai-je ponctué d'un air suave, en fixant sa mise en plis qui tenait moins de Marlène Dietrich que de Margaret Thatcher.

Pour détendre l'atmosphère, Angélique a rempli nos verres, et puis Vincent est entré dans la pièce, sous nos regards étonnés.

– La porte était ouverte, je me suis permis… Lily, je vous ai apporté quelques gâteaux et du chocolat.

Gênée que l'homme qui m'avait tant troublée se retrouve en présence de ma mère, j'ai dit qu'il ne fallait pas. Il m'a scrutée en s'assombrissant :

– Vous êtes encore très pâle.

L'autre, le visage épanoui, lui a tendu la main en minaudant :

– Je suis contente de la sentir aussi entourée. Elle n'a jamais eu un teint de pêche, malheureusement, il ne faut pas vous inquiéter : ça vient de son père. Je suis Sophie, la maman.

– On ne dirait pas, madame.

J'ai failli dire « Je confirme », mais il a enchaîné :

– Vous avez l'air d'être sa grande sœur.

– On me l'a déjà dit, oui, et pourtant la vie ne m'a pas épargnée.

Pour abréger les préliminaires, j'ai proposé à Vincent de s'asseoir et de prendre un verre avec nous.

Il est allé embrasser Angélique, sous le regard prédateur de ma mère, puis il s'est penché vers ma joue et l'a effleurée d'un baiser, en me chuchotant :

– Courage, la petite sœur. On cisaille d'abord ses cheveux, et après on coupe le cordon.

J'ai marmonné :

– Avec une scie à métaux.

– Je vois que tout le monde se connaît, a lâché Sophie avec son air de laissée-pour-compte.

– En fait, j'habite quelques étages au-dessus. Entre voisins, on se soutient.

– Dans mon immeuble, je ne peux pas en dire autant, a-t-elle soupiré. Je suis en procès avec la copropriété depuis quinze ans.

– Et puis nos chiens se promènent ensemble.

Sophie lui a pris le poignet, soudain ravie :

– Oh ! ce doit être charmant. Moi qui adore les bêtes.

Angélique m'a regardée en souriant, avec un haussement de sourcil, comme si nous avions été complices depuis toujours, et cela m'a plu.

Vincent a pris la bouteille, nous a servis. Nous avons trinqué à rien, et j'ai bu d'un trait mon verre. Au bout d'un quart d'heure la bouteille était vide. C'est là que l'amie des bêtes, d'un ton impérial, a déclaré :

– Je vous invite tous, un dimanche soir, à venir dîner à la maison. Je vous ferai ma grande spécialité.

J'ai répondu, sourire crispé, en repensant au soir de la fête des Mères où elle avait refusé de nous recevoir :

– Mais tu as ton feuilleton, non, le dimanche ?

Elle a regardé Vincent, l'air navré pour moi, avant de me lancer :

– Ma chérie, le plaisir d'inviter des gens si sympathiques vaut tous les feuilletons du monde.

Je crois qu'un jour, je l'assommerai à coup d'épaule d'agneau. J'ai dit :

– Vincent, encore un peu de vin ?

– Si tout le monde en prend, je ne dis pas non.

Pendant qu'Angélique allait chercher une nouvelle bouteille, ma mère lui a demandé :

– Cher Vincent, je ne veux pas être indiscrète, mais je suis sûre que nous avons des points communs, vous êtes dans quelle branche ?

– L'édition.

– J'ai sûrement dû vous lire. Quand on est seule, on bouquine énormément, j'adore les romans, et je ne suis pas de celles qui passent leur journée à végéter sur une tablette, ou à faire des Scrabbles.

– Cela m'étonnerait que vous m'ayez lu, je n'écris pas de romans.

– Il est thérapeute, au départ, a expliqué Angélique, en revenant de la cuisine avec le vin. Spécialisé dans la vie de couple, la famille, les traumatismes de l'enfance. On arrive à mieux gérer sa vie, après l'avoir lu.

Je n'ai pu m'empêcher de demander :

– Et vous n'exercez plus ?

– Tu es bien curieuse, fillette, m'a lancé ma mère. Raison personnelle, je suppose.

Il a acquiescé d'un sourire, pris le tire-bouchon, ouvert la bouteille, et nous avons bu en silence. Ma mère l'a rompu en s'informant :

– J'ai l'impression que vous vous connaissez depuis longtemps, Angélique et vous, je me trompe ?

– J'étais en terminale avec son père, faites le calcul, a souri Vincent.

J'ai compris dans le regard de ma mère qu'elle cherchait à compléter son plan de table. Elle a contemplé Angélique avec cet air bienveillant qu'elle savait si bien feindre, avant de lui lancer :

– Si votre père peut venir l'un de ces dimanches… Et votre mère, bien sûr, a-t-elle ajouté de justesse, en remarquant le silence autour d'elle.

– Ma mère, ce sera difficile, a répliqué Angélique, sans donner de détails.

– Bien sûr, excusez-moi, s'est empressée l'autre, avant de conclure : un divorce est toujours traumatisant pour celui qui n'est pas parti. J'en sais quelque chose, malheureusement.

Je me suis mise à hurler d'un coup, sans aucune retenue :

– Sa mère est morte, morte, et c'est eux qui sont traumatisés, pas toi, tu peux comprendre ça ?

C'était la première fois que je buvais du chardonnay en sa présence, et je n'aurais peut-être pas dû. Trente ans à se retenir, un jour on craque, avec les arriérés.

L'interpellée m'a toisée comme une tache sur la nappe. Après un raclement de gorge, prenant à témoin Vincent et Angélique, elle a soupiré sur un ton admirable :

– Je suis habituée, ne vous inquiétez pas. Elle a parfois des accès de violence malgré elle, et puis ça passe, mais c'est très éprouvant pour une maman. Bien. Donc, je disais… pour le dîner, vous n'avez qu'à choisir votre dimanche.

Dans un grand silence, ils ont hoché la tête – pour être polis, je suppose.

Ma mère s'est levée, a pris son sac, puis elle s'est tournée vers Angélique :

– Je suis peut-être indiscrète, mais pourquoi vous vous vouvoyez toutes les deux ?

Angélique a claqué la langue, avant de répondre :

– Bonne question. Personnellement, le vouvoiement m'excite, et je tiens à cette excitation dans mes rapports avec certaines personnes. Autre question, chère madame ?

Déstabilisée, la chère madame a juste répondu :

– Non, merci.

Et elle est partie, en faisant un signe de la main à la cantonade, trop blessée dans son orgueil pour nous dire au revoir en face.

– Atypique, a commenté Vincent avec un sourire compatissant. Je serais bien resté, mais j'ai un rendez-vous. À bientôt, j'espère.

Il nous a embrassées, et j'ai regardé à nouveau la porte se refermer derrière lui. Dans un élan de détresse, j'ai mordu ma lèvre inférieure pour essayer d'endiguer les larmes, mais cela n'a servi à rien. Le barrage s'est rompu, accompagné de hoquets ridicules.

Angélique m'a prise dans ses bras et, tout en caressant mes cheveux, elle m'a chuchoté :

– Je suis là.

Ces trois petits mots, anodins pour d'autres, m'ont immédiatement calmée. Je me sentais en sécurité, protégée, comme si rien ne pouvait m'arriver. Dans la bouche de ma mère, les seules fois où j'avais entendu ces trois mots, c'est lorsque je faisais du bruit et qu'elle me rappelait sa présence.

Angélique me serrait de plus en plus fort, et je sentais son parfum irrésistible – ou était-ce l'odeur de sa peau ? – m'envahir. J'étais comme anesthésiée. Sa bouche a frôlé la mienne – était-ce encore une illusion de ma part ? – puis elle m'a regardée bien en face en murmurant de sa voix étrange :

– Je peux vous embrasser ?

J'ai baissé mes paupières, et j'ai attendu. J'ai senti son souffle, tout près, le frôlement de ses lèvres. En haut, à gauche, en bas… Soudain, elle m'a secoué fermement les épaules, en disant d'une voix forte :

– Ce n'est rien, juste un petit malaise. Regardez-moi, Lily.

Abasourdie, j'ai rouvert les yeux, et j'ai compris son brusque changement de ton. Mon mari était devant nous, l'air consterné, fixant les deux bouteilles et les verres sur la table.

– J'ai raté quelque chose ? a-t-il demandé, mâchoires crispées.

Angélique a immédiatement trouvé la réponse.

– Votre merveilleuse belle-mère est passée, elle n'avait pas le moral, alors nous avons tenté de la distraire, en vous attendant. Mais vous rentrez bien tard, Arthur, et elle est repartie en vous laissant son agneau.

Il a immédiatement réagi, en demandant d'une voix inquiète :

– Et elle va mieux ?

– Grâce à votre chardonnay.

– Et toi, tu te sens comment ?

Devant le ton froid qu'il employait, je repensais aux lèvres d'Angélique, et cela me faisait sourire.

– Beaucoup mieux. Maintenant, j'arrive à dissocier le réel de l'imaginaire.

– Tu ne devrais pas boire autant ni dire n'importe quoi. J'avais déjà remarqué que tu sentais parfois l'alcool.

J'ai baissé la tête, l'air coupable, juste pour lui faire croire qu'il avait raison.

– Et c'est quoi, cette coiffure de clown ?

– Moi, je trouve ça très sexy ! lui a répondu Angélique.

Il a poussé un long soupir en débarrassant la table d'apéritif, puis d'une voix sarcastique, il a demandé :

– Le dîner est prêt, je suppose ?

Angélique s'est levée d'un bond.

– Je m'en occupe.

– Je vais prendre une douche.

*

J'ai attendu qu'il referme la porte de la salle de bains, avant de me diriger vers la cuisine. Pendant que le sauté de ma mère réchauffait, Angélique faisait cuire des pâtes. Je me suis mise derrière elle, et j'ai chuchoté :

– Embrassez-moi.

Elle s'est retournée, et j'ai senti ses lèvres sur les miennes, et mon excitation venait autant de sa langue que du bruit de l'eau qui coulait pendant que mon mari prenait sa douche.

Quand il est revenu, la table était mise, le dîner prêt, et moi, j'avais l'air si épanouie qu'il m'a glissé, comme pour faire oublier sa dureté :

– Ça va mieux, on dirait ?

Angélique a répondu pour moi :

– C'est ça l'amour, dès que vous êtes là, elle est heureuse, n'est-ce pas, Lily ?

– Bien sûr, ai-je confirmé en remplissant les assiettes.

– Le sauté de votre belle-mère est délicieux.

Ravi qu'on parle d'elle, Arthur a rebondi :

– Il est à son image. D'ailleurs, je ne comprends pas qu'une femme aussi parfaite vive seule.

– C'est hallucinant, a renchéri Angélique, et elle a claqué la langue.

– Vous voulez une bière ? lui a-t-il demandé en se levant. Toi, non. Tu as assez bu pour aujourd'hui.

Pendant qu'on entendait la porte du frigo s'ouvrir,

elle s'est penchée pour m'embrasser derrière l'oreille, juste un peu plus bas, là où ça fait comme une décharge électrique – enfin, pour moi. Je me suis demandé jusqu'où j'irais dans cette escalade. Ou dans cette chute libre.

Mon mari a décapsulé les bières. Quand il a donné sa chope à Angélique, j'ai eu l'impression que leurs doigts échangeaient une brève caresse. Elle s'est tournée vers moi en souriant, et je me suis souvenue de ce même sourire que j'avais vu à travers la vitrine de notre magasin, quand il lui avait offert une rose. Pourquoi ai-je fait ce rapprochement ? Est-ce qu'elle me manipulait ? Ou était-ce encore une fois mon imagination qui me jouait des tours ?

– Je prendrais bien une bière, moi aussi.

Arthur a poussé un soupir de contrariété, mais Angélique l'a regardé, puis elle s'est levée en lui disant :

– Juste une, ce n'est pas si grave.

– D'accord, allez-y.

Il a repris du sauté, sans m'en proposer.

– Vous êtes bien silencieux tous les deux, a-t-elle lancé en revenant.

– Je déguste, a-t-il répondu, et il s'est passé la langue sur la lèvre supérieure.

J'ai souri, malgré moi. Je revoyais ces moments intenses de nos débuts où, malgré ma ceinture de sécurité, ma langue dans un va-et-vient lent et précis léchait son sexe pendant que nous traversions mon beau Paris illuminé. J'ai regardé Angélique en me demandant si j'avais vraiment envie d'elle, ou si ce n'était que l'attrait de l'inédit. Finalement, même si elle était la maîtresse de mon mari, je connaissais maintenant le goût de sa bouche, comme lui. Et il ne tenait qu'à moi de connaître le reste. Ainsi, on serait à égalité. Pour la première fois de ma vie, j'avais le choix, je me trouvais forte. J'ai fermé les yeux pour savourer ce moment. Je me sentais exister comme jamais.

– Qu'est-ce qu'elle a ? a demandé la voix d'Arthur.

– C'est rien, elle dort, a chuchoté Angélique.

Et là, brutalement, un clapet s'est ouvert dans ma mémoire. Ce chuchotement qui disait *C'est rien, elle dort*, c'était celui de ma mère. Ma merveilleuse mère qui, sans aucun état d'âme, à l'âge de huit ans m'a laissée être le témoin muet d'une étreinte avec un de ses amants, après le départ de mon père. Quand elle sortait le soir et qu'elle me laissait toute seule, malgré mes pleurs et mes supplications – elle ne faisait jamais venir de baby-sitter, elle avait peur des vols –, j'allais parfois dormir dans son grand lit, pour me sentir en sécurité. Mais cette nuit-là, elle est revenue avec un homme. Je les ai entendus entrer dans la chambre, parce qu'ils riaient très fort, et soudain l'homme lui a dit à voix basse : « Il y a ta fille, là, t'as vu ? » Et elle lui a répondu entre ses dents : « C'est rien, elle dort. » Je me rappelle avoir eu si peur dans le noir, recroquevillée au coin du lit, en entendant ses gémissements. Si peur qu'elle ait mal, qu'elle souffre à cause de cet homme au-dessus d'elle qui soufflait si fort en s'agitant. Mais au moment où j'allais hurler pour lui dire d'arrêter, la voix de ma mère a susurré : « C'était si bon. » Les fois suivantes, quand elle sortait le soir, elle fermait sa chambre à clé.

Voilà comment on réduit une petite fille au rang de figurante, de simple chose, de futur accessoire pour le désir de l'homme. Apprendre l'art de la fellation juste pour lui faire plaisir, n'éprouver que le constat du devoir accompli, rester soumise à ses attentes et à la peur qu'il vous quitte, comme ils ont tous quitté ma mère…

Ce souvenir rejaillissant de ma mémoire, si net, si implacable, me donnait curieusement de la force, me retirait d'un coup ma culpabilité innée et le sentiment d'être privée d'initiatives. Plus jamais je ne m'empêcherais d'exister à cause de la peur d'être jugée, punie si je ne donnais pas l'impression d'être un objet dormant. Toute envie de me faire aimer de ma mère, malgré son indifférence, s'était volatilisée. Je regardais Angélique, je la trouvais belle et se sentir désirée n'est jamais désagréable, mais l'attirance était partie, enfin pour le moment. Je n'en avais plus besoin pour me sentir bien. J'ai cligné des yeux comme si je me réveillais. Mon mari m'a demandé, l'air de parler à une demeurée :

– Alors, on a fait son petit dodo ?

Ce n'était pas ce genre de phrase qui allait réveiller ma libido. J'ai répondu simplement, revendiquant la chose au lieu de m'en excuser :

– Je vais prolonger ce délicieux moment dans notre lit.

Il s'est levé, déstabilisé par mon bien-être.

– Tu veux que je t'aide ?

– Pas ce soir. Finissez tranquillement ce sauté d'une délicatesse incroyable.

Je me suis tournée vers Angélique en imitant le sourire qu'elle avait eu quand mon mari lui avait donné une Red Naomi, et j'ai vu à son air perplexe qu'elle ne comprenait pas mon allusion au descriptif qu'elle m'en avait fait devant l'ascenseur. Même s'ils avaient eu une petite aventure, juste sexuelle, sous le coup d'une impulsion, c'était finalement sans importance dans le parcours d'une vie. Et cela me plaisait de penser que moi aussi, je pouvais, si je le désirais, courir dans une chambre d'hôtel avec un Vincent quelconque, me faire déshabiller, jouir éventuellement, et repartir dans mon quotidien, sans l'ombre d'un remords. Oui, cela me plaisait.

Comme une grande personne, sans rien dire à quiconque, j'avais décidé de me rendre toute seule à l'hôpital. Impatiente, j'attendais mon taxi devant l'immeuble, quand Vincent s'est approché de moi, sans son chien.

– Quel heureux hasard de vous rencontrer ! Je comptais vous rendre visite.

– Ah ! ai-je répondu, avec un large sourire, et j'ai brandi ma béquille : Aujourd'hui, c'est un grand jour, on m'enlève mes accessoires.

Mon taxi est arrivé à ce moment-là. Vincent m'a ouvert la portière, et s'est engouffré à ma suite sur la banquette arrière.

– Pas question que je vous laisse toute seule. Je vous accompagne.

Surprise, j'ai protesté pour la forme, mais finalement, j'étais ravie qu'il soit là.

*

Il m'a attendue patiemment, pendant qu'on me retirait ce qui m'avait handicapée pendant un mois. J'ai juste demandé qu'on me laisse ma minerve, prétextant une douleur de temps en temps au niveau des cervicales. J'avais remarqué que, grâce à elle, je ne baissais plus la tête quand on essayait de me culpabiliser.

En retrouvant Vincent dans la salle d'attente, j'étais assez fière de me montrer sans attelles ni béquille. Visiblement, lui aussi.

Il m'a pris le bras et, d'un ton enjoué mais ferme, il m'a dit :

– Je vous emmène déjeuner pour fêter votre retour à la vie normale.

– Pourquoi « normale » ?

– Je veux dire : autonome.

– D'accord. Mon mari travaille, et moi je suis en convalescence, encore un tout petit peu, ai-je chuchoté. Et puis, ce n'est pas mon mode de vie « normal » de ne rien faire, juste rêver et avoir de drôles de fantasmes, vous avez raison… Alors autant les prolonger un peu.

Il a souri. J'avais le sentiment de le désarçonner, et je trouvais ça flatteur. Un thérapeute.

*

Restaurant intime, chaleureux, d'une autre époque. Moi, assise confortablement dans un fauteuil, juste en face de lui.

– Vous gardez votre minerve ?

– Je peux l'enlever, si vous voulez.

– C'est un début.

Je l'ai retirée, posée sur le fauteuil d'à côté. Puis j'ai refermé la carte, en lui disant :

– Aujourd'hui, je ne veux que des surprises, choisissez pour moi. J'aime tout, c'est un avantage quand on ne connaît pas bien la personne.

– Absolument. Tout, on ne peut pas se tromper. Bourgogne ?

– Oui. Ou autre.

Quand le serveur est venu prendre la commande, je me suis bouché les oreilles devant un Vincent amusé, mais j'ai remarqué qu'il avait rendu la carte, avant même de commander. Ce fut rapide et sans hésitation. Il devait bien connaître l'endroit.

Il s'est levé en entendant vibrer son portable :

– Excusez-moi, je dois répondre.

Pendant son absence, j'ai mis ma main sous ma jupe pour essayer de dégager la ficelle de mon string, dont le cisaillement avait trop d'influence sur mes pensées. En se rasseyant, il a éteint son portable, j'ai retiré ma main.

– Je suis vraiment désolé.

Il a goûté le vin que lui présentait le sommelier, et il a acquiescé d'un signe de tête.

– Et Charly, il est en promenade ?

– Non, il est chez le vétérinaire, une petite intervention, rien de grave, je le reprends demain.

– Ça me rassure.

Et nos verres se sont rencontrés, et nous avons bu.

– Délicieux, ai-je soupiré.

Je n'arrivais pas à dire autre chose que des banalités. Étais-je angoissée par le fait de savoir que cet homme, professionnellement, pouvait donner un sens caché à n'importe lequel de mes mots ? De son côté, il ne faisait aucun effort pour entamer une vraie conversation.

Heureusement deux serveurs sont arrivés, ils ont posé une assiette devant nous, puis ils ont retiré les cloches tandis que je fermais les yeux, pour une dégustation à l'aveugle.

J'ai immédiatement reconnu la merveilleuse odeur qui émanait du risotto à la truffe.

– Je fais souvent ce plat à mon mari, sans la truffe.

J'ai rouvert les yeux. Il a juste cligné les siens, et nous avons commencé à déjeuner.

– Le mien n'est pas aussi bon, et vous qu'en pensez-vous ?

– Je ne connais pas le vôtre, Lily. Un jour, peut-être, vous m'inviterez à dîner.

– Avec plaisir, ai-je répondu, la bouche pleine. Nous enverrons mon mari manger l'épaule d'agneau de sa belle-mère.

On nous a resservi du vin, et Vincent a posé délicatement sa main sur la mienne. Je ne l'ai pas retirée. Il a penché la tête de côté, m'a regardée avec ce petit plissement des yeux que seuls les hommes de son âge acquièrent avec le temps, et ce petit détail me l'a rendu très attirant. De sa voix grave, il m'a dit :

– J'ai quelque chose à vous confier, Lily.

– Oui…, ai-je murmuré, sentant que je devenais de plus en plus son genre de femme.

Il a lâché ma main, a repris un peu de vin avant de continuer :

– Je connais Angélique depuis qu'elle est née, et j'ai suivi son parcours chaotique, après la mort de sa mère. Ce n'était pas vraiment une adolescente comme les autres. Elle n'était pas attirée par les garçons, elle recherchait plutôt la compagnie des filles, plus âgées. Disons qu'elle essayait de retrouver avec elles l'amour qu'elle avait éprouvé pour sa mère. Mais plus tard, cet amour a évolué. La tendresse ne lui suffisait plus, elle s'est rendu compte de l'attirance sexuelle qu'elle avait pour les femmes.

Gênée, je me suis demandé si elle lui avait parlé de nous. Mais j'ai juste remarqué avec un brin de distance :

– Je ne vois pas pourquoi vous me racontez ça.

– En effet, je ne devrais pas. Mais je ne veux pas qu'il lui arrive quoi que ce soit. Vous savez, j'ai arrêté mon métier de thérapeute après le suicide d'une de mes patientes. Je l'avais guérie de ses phobies, mais elle avait fait un transfert, ce qui arrive. J'avais pourtant tenté de l'aider à s'y soustraire, à s'en libérer. Et finalement, je l'ai envoyée chez un confrère. Non-assistance à personne sous emprise, sauf que l'emprise c'était moi. Elle n'a pas supporté que je l'abandonne. Alors je ne veux pas qu'Angélique subisse le même genre de sort, parce qu'elle s'imagine que vous l'aimez.

– Je vous demande pardon ?

– Je n'ai pas fini.

Il nous a resservi du vin. Mal à l'aise, j'ai pris mon verre et je l'ai bu d'un trait.

Il m'a suggéré :

– Un dessert ?

– Je n'ai plus très faim.

– Je comprends. Je vous ai observée longuement : dans l'ascenseur, chez moi, chez vous, pendant notre promenade, où le vent m'a fait remarquer que vous ne portiez pas de culotte, et ce qui me séduisait au début, c'était votre insécurité, votre fragilité.

– Il reste du vin ?

– Mais comme vous n'avez eu aucun tuteur, aucun

repère, vous pouvez facilement détruire, comme un enfant détruit son jouet. Détruire ceux qui déstabilisent votre vie bien ordonnée.

J'ai jeté un œil sur ma minerve, j'aurais dû la garder pour ne pas baisser la tête.

Il a continué :

– Angélique m'a confié qu'elle avait trouvé l'âme sœur, sans me donner votre nom. Mais je n'ai pas eu de mal à faire le rapprochement.

– Et pourquoi ?

– Elle ne serait jamais restée chez vous pendant un mois.

J'ai réagi immédiatement :

– C'est elle qui me l'a proposé.

– Oui, je sais. Vous avez freiné pour ne pas l'écraser, sous une pluie battante, et elle s'est sentie redevable. Elle a eu beaucoup de chance que les freins ne soient pas défectueux, non ?

Devant mon silence, il a enchaîné :

– C'est une jeune femme qui plaît beaucoup aux hommes, d'autant plus qu'elle est inaccessible. Mais elle en souffre. Elle a besoin d'une vraie relation saphique qui la stabilise et lui enlève l'angoisse de repousser le désir masculin. Mais il ne faut pas jouer avec elle. Alors ce que je vous demande, c'est d'arrêter, avec tact et délicatesse, votre jeu de séduction. C'est clair ?

Si elle ne lui avait pas dit de nom, je pouvais très bien nier. C'est ce que j'ai fait.

– J'aime mon mari, Vincent, et je ne joue pas avec les gens.

– Que faites-vous d'autre en ce moment, avec moi ?

– C'est vous qui avez commencé. Je suis polie, je vous donne la réplique. Si vous me prenez au premier degré, tant pis pour vous. Ce n'est pas très professionnel.

– Nous parlons d'Angélique.

– Elle me prête des intentions que je n'ai pas, c'est tout, si c'est bien de moi qu'il s'agit.

– Je vais reprendre du début, puisque vous niez toute implication. Avant de vous rencontrer, Angélique m'a dit un jour qu'elle avait fait une bêtise. C'est le mot qu'elle a employé. Vous savez qu'elle est irrésistible, et votre mari n'est qu'un homme. Même en face de la fille de son comptable. Donc, elle est montée dans sa camionnette, un matin où il allait à Rungis, soi-disant pour découvrir ce monde inconnu.

J'ai marmonné :

– J'en étais sûre.

– Vous disiez ?

– Rien. Elle est matinale.

– Et là – c'est ce qu'elle m'a expliqué – elle a voulu savoir si elle pouvait être attirée par un homme, alors elle l'a embrassé, et lui aussi.

Il a pris un temps, peut-être pour voir ma réaction, avant de continuer :

– Pour le reste, je ne sais pas, elle est très pudique. Mais elle n'avait pas eu l'air d'apprécier.

J'ai pris une longue inspiration et j'ai planté mes coudes sur la nappe pour lui lancer au visage :

– Et la deuxième fois, elle a trouvé ça mieux ?

– Quelle deuxième fois ?

– La porte cochère en face du boucher, avec la jupe fendue qui remonte et le joli string de compétition ?

– Il n'y a pas eu de seconde fois, je peux vous l'assurer. Elle était trop écœurée par ce qu'il lui avait demandé dans la camionnette – le nom autant que la chose.

– Vous pouvez préciser, ou c'est couvert par le secret professionnel ?

– Une « gâterie », je cite. Elle l'a envoyé sur les roses, si je puis me permettre, et ils sont restés amis. Quant au string, vous venez de prouver que vous ne vous intéressez pas à elle. Elle ne porte que des shortys.

J'ai retiré mes coudes de la table, j'ai lissé la belle nappe blanche, et j'ai coincé les mains sous mes cuisses.

– Voilà, Lily, vous savez tout. Ou presque. Lorsqu'elle a découvert que la femme pour qui elle avait ressenti un coup de foudre chez moi, le soir de ma crémaillère, était l'épouse de l'homme qu'elle avait testé sans succès, vous imaginez le choc. La double culpabilité. La comédie qu'elle a dû s'efforcer de jouer, auprès de lui comme auprès de vous. Tout ce que je vous demande, c'est d'être honnête avec elle. S'il lui arrivait quelque chose, je ne vous le pardonnerais pas, et votre mari non plus. Car il comprendrait la situation, fatalement.

OK. Tout se retournait contre moi, donc. Mon mari avait « essayé » la fille du comptable en plus du string de la porte cochère, et c'était ma faute si j'inspirais des sentiments. J'ai mâchonné ma lèvre inférieure, j'ai remis ma minerve, et j'ai dit :

– Je veux un gâteau. Au chocolat, s'il y en a. Merci.

Il a regardé ma minerve d'un air circonspect :

– Vous avez froid ?

Je n'ai pas répondu. Et il a commandé mon dessert.

– Je n'ai peut-être pas eu de tuteur qui aurait remplacé mon père, Vincent, mais je n'ai jamais détruit personne. Si Angélique a eu envie de s'amuser avec mon mari, ça la regarde, et je comprends parfaitement qu'il ait été dupe, elle est évidemment irrésistible, comme vous dites. Et pourquoi, moi, je n'aurais pas le droit de m'amuser à mon tour ? Pourquoi je ne pourrais pas essayer, moi aussi, quelque chose que je ne connais pas ?

Mon gâteau au chocolat est arrivé, je l'ai avalé d'un trait pour essayer de compenser ce sentiment d'abandon qui m'avait envahie. Une fois de plus. Une fois de trop.

– Vous n'avez pas peur que je me suicide, comme votre patiente, après m'avoir démontré d'un ton péremptoire que mon mari n'était qu'un homme ? Après neuf ans de mariage, il s'est offert une petite parenthèse, pour vous ce n'est rien, vous n'êtes pas concerné, mais moi, je l'aime, et ce n'est pas du tout pareil. Alors ne me parlez pas d'âme sœur. Elle s'est introduite chez nous, comme une amie, elle a tenté de me séduire, et elle y est presque parvenue, mais c'est terminé. La confiance est partie. Vous savez, je suis à deux doigts de regretter que mes freins n'aient pas lâché.

J'ai posé ma serviette sur la table, pris mon sac et, avant de partir, je lui ai dit :

– Vous êtes peut-être thérapeute, mais vous avez bien fait d'arrêter : vous ne connaissez rien à l'amour. Merci pour le déjeuner.

*

Dans le taxi qui me ramenait, aucun pleur, ça ne sortait pas. J'étais même étonnée de ne pas en vouloir à mon mari. La seule bouffée de rage qui m'envahissait visait mon père. Vincent avait raison. Pas de tuteur de remplacement. Il m'avait laissée pousser comme une mauvaise herbe, que n'importe qui pouvait arracher ou piétiner, comme ma mère. Cette image de lui derrière le marronnier me faisait honte. Comment ai-je pu penser un instant que cet homme était mon héros ? Le héros, c'est mon mari qui m'a sauvée, qui m'a fait connaître la tendresse, la protection, la générosité, la jalousie issue de l'amour, et ce n'était pas la resucée d'une peinture Art nouveau allergique aux pipes qui allait tout casser.

En arrivant devant l'appartement, mon portable a sonné. Monsieur Gorgelin, l'assureur de ma mère, me demandait de venir d'urgence chez elle.

Polie, mais agacée, j'ai demandé :

– C'est vraiment urgent ?

Un sanglot m'a répondu.

Quand monsieur Gorgelin m'a ouvert la porte, il n'arrêtait pas de se moucher et de renifler, s'excusant de ses larmes par des tentatives de sourire qui les faisaient couler d'autant plus.

Sophie était allongée sur son grand dessus-de-lit brodé, dans un déshabillé noir en dentelle, les yeux clos, décoiffée, l'air en paix. J'ai regardé monsieur Gorgelin qui, entre deux sanglots, a esquissé une petite moue gênée. Décidément, ma mère ne m'aurait rien épargné. Mourir en faisant l'amour.

– Je suis allé lui préparer son thé au miel, comme toujours… après… et quand je suis revenu… le cœur.

Je l'ai fixé longuement, et la seule image qui me venait, c'est la petite fille recroquevillée au bout du lit, qui se bouchait les oreilles pour ne plus être là.

Au bout d'un moment, il m'a dit que le médecin allait arriver d'un instant à l'autre et qu'il n'avait touché à rien. Puis il est resté prostré, la mâchoire tremblante, les bras croisés devant la dépouille.

Pour casser le silence, et parce que je le trouvais gentil et vraiment ému, je lui ai demandé le plus naturellement du monde :

– Vous étiez heureux avec elle ?

Il a hoché la tête longuement, avant de me répondre :

– Depuis cinq ans et demi, c'était la passion tout simplement, comme on peut la connaître à nos âges… Et là, dernièrement, elle a voulu faire une croisière, une première pour elle, huit jours merveilleux… notre dernier voyage…

D'accord. Cinq ans et demi à me mentir, à me parler de solitude, de dépression latente, cinq ans et demi à s'efforcer de me plomber, de me déstabiliser, de me culpabiliser – mais pourquoi ?

– C'était une forte femme, Lily, et en même temps, une vraie petite fille, vous le savez. Elle n'avait jamais réussi à assumer les ravages qu'elle faisait chez les hommes, alors qu'elle n'essayait jamais de séduire. Récemment, un garçon beaucoup plus jeune qu'elle avait développé une vraie fascination pour elle – elle m'en a parlé à mots couverts, mais en toute franchise… Elle se sentait coupable de ce désir qu'elle inspirait et qui, mon Dieu, comme elle disait, était délicieusement flatteur pour elle. C'est pourquoi elle a voulu se faire pardonner en nous offrant cette croisière en amoureux.

À quoi bon lui casser son image d'Épinal ? Je me suis contentée de lui faire observer :

– C'est curieux qu'elle ne m'ait jamais parlé de vous, monsieur Gorgelin… Enfin, en dehors de vos qualités d'assureur.

Il a eu un petit sourire avant de me dire d'une voix pleine d'admiration :

– C'est tout simple, c'était par rapport à vous. Elle ne voulait pas vous donner l'impression qu'elle trahissait la mémoire de votre cher père.

J'ai ouvert grand la bouche, mais aucun son n'est sorti.

Il m'a tapoté la joue d'un air protecteur, puis il s'est penché vers sa Sophie pour lui déposer un dernier baiser sur les lèvres entr'ouvertes. Je suis sortie discrètement pour les laisser seuls.

Les jambes en coton, je me suis arrêtée devant ma chambre d'enfant à gauche de la porte palière, d'où j'entendais le va-et-vient de l'ascenseur. Je ne l'avais pas ouverte depuis mon mariage, pour n'en garder que le souvenir du sanctuaire où papa venait me lire une histoire avant de dormir. La pièce était transformée en dressing. Un quart de Gorgelin, trois quarts de Sophie. Plus aucune trace de mon passage. Même l'ours Riri que mon père m'avait offert pour notre dernier Noël avait disparu.

J'ai ouvert machinalement les tiroirs. Dans celui du

milieu, j'ai trouvé une impressionnante collection de sous-vêtements, surtout des strings. Décidément. J'ai eu un pauvre sourire pour l'ironie de la vie, et j'ai refermé le tiroir, refermé cette mémoire qui ne me regardait pas.

*

Quand je suis ressortie, monsieur Gorgelin faisait les cent pas dans le couloir, en attendant le médecin.

D'une voix nette et précise, je lui ai dit :

– Restez dans cet appartement, vous avez tant de beaux souvenirs. Cinq ans et demi, ce n'est pas rien.

– Mais… il est à vous, maintenant, je ne veux pas vous priver de…

– Restez. Je n'habiterai jamais ici.

Il a eu l'air effondré.

– Je comprends. Sophie m'a expliqué que vous aviez été très perturbée par la disparition soudaine de votre père, et qu'elle-même a eu beaucoup de mal à s'en remettre. Quelle souffrance ! Un homme qui se volatilise du jour au lendemain, ce doit être affreux à vivre. Je vous plains, Lily.

J'ai regardé ce monsieur brisé, affectueux, plein de bonté, et je n'ai pas eu le courage de lui dire que sa merveilleuse Sophie n'était qu'un leurre. Son chagrin était si sincère, et de toute façon, il ne m'aurait pas crue. Quoi qu'en dise Vincent, je n'éprouve aucun plaisir à détruire les gens. Simplement, désormais, je fais le ménage. L'image qui me restera de ma mère, c'est ce tiroir à strings. Mais leurs ficelles ne me rentreront pas dans le cœur.

– Toutes mes condoléances, monsieur Gorgelin.

Il n'y avait pas grand-monde aux obsèques, à part des employés de Mondial Assurances, les collègues de monsieur Gorgelin. Quand ils ont descendu le cercueil, je n'ai pensé qu'à une chose : éviter de me retrouver un jour au-dessus d'elle pour l'éternité. Derrière mes lunettes noires, sur fond d'orage qui grondait, je recevais les témoignages de sympathie. Une goutte de pluie est tombée sur ma joue, attendrissant les témoins. J'avais demandé à monsieur Gorgelin, bouleversé, d'être aux côtés de la famille – Arthur, ses parents et moi. Il en a été très reconnaissant. Chacun a jeté sa rose avant la fermeture définitive. Et c'est à ce moment-là que de vraies larmes ont envahi mes yeux. Était-ce le chagrin, ou tout simplement le fait d'admettre qu'il était trop tard pour que ma mère commence à m'aimer ? Les larmes n'ont pas coulé. Comme dans une vieille vidéo qu'on fait défiler en arrière, j'ai eu l'impression qu'elles retournaient sous mes paupières.

Arthur m'a soudain demandé :

– Je trouve ce Gorgelin très éprouvé, ils étaient si proches ?

Pour mon mari, ma mère était une sainte, et je ne voulais pas mettre d'ombre au tableau. J'ai simplement répondu :

– Il s'occupait de ses affaires, oui, ils étaient très proches.

– Et… pas plus ?

– À ma connaissance, non.

D'une voix qui sonnait curieusement faux, il a conclu :

– Dommage, ils auraient pu partager leur solitude.

– Bien sûr.

Je me suis retournée une dernière fois vers la tombe, où les fossoyeurs n'en finissaient pas de pelleter. Et c'est là que j'ai aperçu une silhouette qui se tenait adossée à un arbre. J'ai demandé à mon mari de me laisser seule un moment. Ce qu'il a très bien compris, en me caressant le visage.

Pendant que les autres s'acheminaient doucement vers la sortie, j'ai fait quelques pas en direction de l'arbre, qui n'était pas un marronnier, mais l'homme avait la même taille que mon père dans mon souvenir. Plus vieux, certes. Il portait le même genre de manteau que celui que j'imaginais dans la cour de mon pensionnat. Et surtout, cette écharpe bleue, si semblable à mon dernier cadeau d'anniversaire. Il avait dû lire le faire-part dans le journal. Il était là pour tout m'expliquer, et essayer de rattraper ces années perdues. Il était là pour me prendre dans ses bras et me demander pardon. Et je savais qu'à ce moment-là, il serait à nouveau mon héros et que j'oublierais tout ce dont il m'avait privée. À dix mètres de distance, ma vie allait changer. On s'observait de loin, et je sentais qu'il n'osait pas faire le premier pas. Avait-il peur de ma réaction ? Sûrement. C'est moi qui allais courir vers lui en ouvrant mes bras, pour lui dire que je n'avais jamais cessé de l'aimer. C'est ce que j'ai fait en criant : « Papa ! »

Le vieil homme m'a regardée avec un drôle de sourire, tout en ouvrant son manteau gris sur sa braguette béante. J'ai reculé devant l'absurdité de la situation, j'ai buté contre le rebord d'une tombe et je suis tombée en arrière. Et là, j'ai été prise d'un fou rire nerveux en me relevant, et il s'est enfui. Arthur s'est précipité, m'a serrée dans ses bras tandis que je riais aux larmes, le visage caché dans mes mains, en l'écoutant répéter qu'il comprenait mon chagrin.

– Une mère est irremplaçable, surtout la tienne.

Mais c'est lui qui pleurait de vraies larmes.

Comme c'est l'usage après un enterrement, mon mari avait fait livrer à la maison un apéritif dînatoire. Il avait l'air complètement perdu au milieu des employés d'assurance.

J'ai demandé :

– Est-ce que ça va ?

Il m'a répondu d'une façon presque agressive :

– Non, pourquoi ? Elle me manque.

Je l'ai regardé, étonnée :

– Ne bois pas trop, Arthur.

Monsieur Gorgelin s'est approché de moi et m'a glissé à l'oreille :

– Je peux vous parler un instant, seul à seule ?

– Oui, bien sûr.

Nous sommes allés dans le couloir. Il a sorti une enveloppe de sa veste.

– C'est pour vous, de la part de votre maman. Elle m'avait demandé de vous la remettre s'il lui arrivait quelque chose.

Avec une impatience fébrile, je l'ai prise, et suis allée me réfugier dans ma chambre. J'allais enfin savoir pourquoi elle s'était montrée si dure avec moi. J'étais sûre qu'elle allait tout m'expliquer. J'ai sorti la lettre. Ça commençait bien.

À ma fille.

Je sais que tu ne m'as jamais aimée, parce que tu idolâtrais ton père et que tu t'es construite sur cette fixation. C'est pour cela que je ne t'ai rien dit. Il est mort très peu de temps après être parti en t'abandonnant lâchement, si je peux me permettre cet adverbe, que tu n'approuveras pas. Écrasé par un chariot élévateur à Clermont-Ferrand, où il s'était reconverti dans les meubles en kit. Il ne t'a rien légué, puisqu'il n'avait rien, contrairement à moi. Tu lui ressembles tellement dans la vie que tu t'es soi-disant construite, que cela m'est très douloureux de te voir, car nous n'avons rien en commun. Et, depuis tes sept ans, tu m'as toujours reproché de t'avoir privée de lui, je le sais bien, alors que c'est lui qui m'a trompée. Heureusement qu'Arthur est là, comme le fils que je n'ai pas eu. Il est notre lien, et c'est pour toi que je l'ai cultivé, ce lien. Bref, tu as eu l'affection qu'il fallait, tu as eu la chance d'avoir une mère et un mari aimants. Plein d'anciennes petites filles ne peuvent en dire autant, moi la première. Là où je suis, si Dieu existe, je vais enfin pouvoir vivre à mon gré, sans que personne entrave ma liberté ni mes envies. Essaie d'être heureuse, à ma mémoire, si tant est que tu y arrives.

Je n'ai eu aucune réaction. J'ai mis la lettre dans mon string, contre mes fesses. Ce n'était pas un geste punitif : au même titre que la ficelle magique qui avait bouleversé ma vie, ses mots posthumes feraient partie de mon évolution.

Je suis retournée dans le salon, et je me suis retrouvée face à Angélique. Je lui ai souri.

– Nous n'avons pas fini le puzzle, et je crois que j'y ai pris goût.

– Moi aussi, m'a-t-elle répondu, gourmande.

Le « baiser d'essai » qu'elle avait échangé avec mon mari était sans importance, après avoir lu cette lettre. Comme devenait insignifiante l'inconnue de la porte cochère avec qui il avait tenté d'oublier cette première expérience malheureuse dans le domaine de l'adultère. Au moins, dans tout cela, il y avait de l'émotion, de la détresse, de l'humanité faillible – pas du calcul d'ego. Je n'en voulais à personne, j'étais même étonnée de n'éprouver aucun ressentiment. Je trouvais la vie belle, les gens intéressants dans leurs dilemmes, leurs conflits, leurs faux-semblants tellement révélateurs.

J'ai tendu une coupe de champagne à Angélique, en

claquant la langue, comme elle. La lettre de ma mère ne bougeait pas, bien calée entre la ficelle et moi, et cela m'excitait de voir dans les yeux d'Angélique son envie de m'embrasser. Et pourquoi pas ? Moi aussi, je pourrais m'offrir une petite parenthèse, comme mon père, comme ma mère, comme mon mari, mais en toute discrétion. Pénétrer anonymement dans un hôtel l'après-midi, faire l'amour, jouir à pile ou face et, le soir, rentrer à la maison et recommencer jusqu'à ce que lassitude s'ensuive. Ce doit être délicieux de se cacher par jeu et par crainte, c'est quelque chose que je ne connais pas. J'ai tant de choses à apprendre.

Je suis allée voir Vincent :

– Nous avons décidé avec Angélique de terminer le puzzle, elle serait très déçue sinon. C'est tout de même son père qui me l'a offert. Vous ne voudriez pas faire de peine à votre vieil ami, n'est-ce pas ? Finissez bien la soirée.

Je n'étais pas mécontente de voir la stupéfaction qui se lisait sur son visage de thérapeute.

Puis, discrètement, j'ai glissé à monsieur Gorgelin :

– Merci pour cette belle lettre qui m'a réconfortée.

– Cela ne m'étonne pas. Vous savez, malgré ces cinq années et demie à ses côtés, merveilleuses, je pense que votre père a été pour elle un impossible amour, inoubliable. Je l'ai réparée comme j'ai pu, mais je sentais souvent en elle une blessure, et c'est ce qui me bouleversait. Cette faille qui la rendait si attachante. Mais vous le savez mieux que moi.

– Oui, monsieur Gorgelin, et sa lettre m'a bien montré la femme qu'elle était. Si vous voulez m'excuser, je vais m'allonger un peu, juste cinq minutes.

J'ai fait un signe à Arthur pour qu'il me rejoigne. Éméché, il a posé sa main sur mon épaule, sous l'œil ombrageux de Vincent. Avant de sortir de la pièce, j'ai envoyé, du bout des lèvres, un baiser à Angélique. J'avais ma cour, désormais.

*

Dans la chambre, j'ai demandé à mon mari de baisser les volets. Pendant qu'il appuyait sur la commande électrique, j'ai retiré ma jupe, et je me suis allongée sur le ventre, la tête dans l'oreiller, les jambes entr'ouvertes. Sans qu'il ait prononcé un mot, j'ai entendu le bruissement de la fermeture éclair de son pantalon, et j'ai susurré :

– Vous n'avez qu'à écarter la ficelle de mon string, monsieur…

C'est ce qu'il a fait, en me demandant d'une voix rauque :

– J'ai du courrier ?

Prestement, j'ai escamoté l'enveloppe en disant qu'on verrait ça plus tard.

– Consolez-moi, monsieur : ma mère me manque…

Ce *monsieur* a produit un effet spectaculaire. Il ne m'a pas fait l'amour comme d'habitude, il m'a prise sauvagement, comme une inconnue, me serrant le cou de ses deux mains, et là, j'ai ressenti une jouissance que je n'avais jamais éprouvée, un vertige de non-retour avec l'indifférence d'y rester. Il a émis un long râle avant de s'affaler sur mon dos en murmurant d'une voix caverneuse :

– Sophie…

Je suis restée pétrifiée. Il aurait pu faire comme si je n'avais pas entendu. Mais il a dit au bout de cinq secondes, toujours immobile en moi :

– Je suis désolé.

J'ai préféré ne pas m'attarder sur l'accent de culpabilité qui lézardait sa voix. J'ai préféré refuser les extrapolations qui soudain jaillissaient dans ma tête. J'ai simplement poussé un soupir de résignation lucide.

On n'en a jamais fini avec sa mère.

DU MÊME AUTEUR

LA FILLE DU RANG DERRIÈRE, 2004, prix Goncourt du premier roman, Albin Michel et Le Livre de Poche.

LA DOUCEUR ASSASSINE, 2007, prix Émile Augier de l'Académie française, prix de l'Académie de Bretagne, Albin Michel et Le Livre de Poche.

MAGIC RETOUCHES, 2009, Albin Michel.

TARTELETTES, JARRETELLES ET BIGORNEAUX, 2011, prix Roger Nimier, Albin Michel.

QUELQUE CHOSE DE LUI, 2014, Albin Michel.

JE ME SUICIDE ET JE REVIENS, 2017, Albin Michel.

Composition : IGS-CP
Impression : CPI Bussière en octobre 2020
Éditions Albin Michel
22, rue Huyghens, 75014 Paris
www.albin-michel.fr
ISBN : 978-2-226-45360-0
N° d'édition : 24126/01 – N° d'impression : 2052010
Dépôt légal : novembre 2020
Imprimé en France